中/华/少/年/信/仰/教/育/读/本

英雄儿女

中华少年信仰教育读本编写委员会 / 编著

信仰创造英雄　信仰照亮人生

中国出版集团有限公司

世界图书出版公司
北京　广州　上海　西安

图书在版编目（CIP）数据

英雄儿女 / 中华少年信仰教育读本编写委员会编著. — 北京：世界图书出版公司，2016.5（2024.5 重印）
ISBN 978-7-5192-0855-4

Ⅰ.①英… Ⅱ.①中… Ⅲ.①革命故事—作品集—中国—当代 Ⅳ.①I247.8

中国版本图书馆 CIP 数据核字（2016）第 049503 号

书　　名	英雄儿女 YINGXIONG ERNÜ
编　　著	中华少年信仰教育读本编写委员会
总 策 划	吴　迪
责任编辑	尹天怡
特约编辑	金敬梅
出版发行	世界图书出版有限公司北京分公司
地　　址	北京市东城区朝内大街 137 号
邮　　编	100010
电　　话	010-64033507（总编室）　　（售后）0431-80787855　13894825720
网　　址	http://www.wpcbj.com.cn
邮　　箱	wpcbjst@vip.163.com
销　　售	新华书店及各大平台
印　　刷	北京一鑫印务有限责任公司
开　　本	165 mm×230 mm　1/16
印　　张	11
字　　数	143 千字
版　　次	2016 年 8 月第 1 版
印　　次	2024 年 5 月第 5 次印刷
国际书号	ISBN 978-7-5192-0855-4
定　　价	45.00 元

版权所有　翻印必究
（如发现印装质量问题或侵权线索，请与所购图书销售部门联系或调换）

序　言

信仰是什么？

列夫·托尔斯泰说："信仰是人生的动力。"

诗人惠特曼说："没有信仰，则没有名副其实的品行和生命；没有信仰，则没有名副其实的国土。"

信仰主要是指人们对某种理论、学说、主义或宗教的极度尊崇和信服，并把它作为自己的精神寄托和行动的榜样或指南。信仰在心理上表现为对某种事物或目标的向往、仰慕和追求，在行为上表现为在这种精神力量的支配下去解释、改造自然界和人类社会。

信仰，是一个人在任何时候都不能丢的最宝贵的精神力量。人有信仰，才会有希望、有力量，才会树立正确的价值观，沿着正确的道路前行，而不至于在多元的价值观和纷繁复杂的世界中迷失方向。

信仰一旦形成，会对人类和社会产生长期的影响。青少年是社会的希望和未来的建设者，让他们从普适意识形成之初就接受良好的信仰教育，可以令信仰更具持久性和深刻性，可以使他们在未来立足于社会而不败，亦可以使我们的伟大祖国永远立于世界民族之林。

事实上，信仰教育绝不是抽象的、概念化的教育，现实生活中，我们有无数可以借鉴的素材，它们是具体的、形象的、有形的、活生生的，甚至是有血有肉的。我们中华民族有着几千年的辉煌历史，多少仁人志士只为追求真理、捍卫真理，赴汤蹈火，前仆后继；多少文人骚客只为争取心中的一方净土，只为渴求心灵的自由逍遥，甘于寂寞，成就美名；多少爱国志士只为一个"义"字，不惜抛头颅、洒热血。他们如滚滚长江中的朵朵浪花，翻滚激荡，生生不息，荡人心魄。如果我们能继承和发扬这些精神和信仰，用"道"约束自己的行为，用"德"指导人生的方向，那么我们的文明必将更加灿烂，我们的国运必将更加昌盛。

正基于此，"中华少年信仰教育读本系列丛书"应运而生。除上述内容外，本丛书还收录了中国人民百年来反对外来侵略和压迫，反抗腐朽统治，争取民族独立和解放，前赴后继，浴血奋斗的精神和业绩，尤其是中国共产党领导全国人民为建立新中国而英勇奋斗的崇高精神和光辉业绩；不仅有中国历史上涌现出的著名爱国者、民族英雄、革命先烈和杰出人物，还有新中国成立以后涌现出的许许多多的英雄模范人物。

阅读这套丛书，能帮助青少年树立自己人生的良好的偶像观，能帮助青少年从小立下伟大的志向，能帮助青少年培养最基本的向善心，能帮助青少年自觉调节自己的行为，能帮助青少年锁定努力的方向，能帮助青少年增加行动的信心和勇气。

习近平总书记说："人民有信仰，民族才有希望，国家才有力量。"因此我们有理由相信：少年有信仰，国家必有希望。

中华少年信仰教育读本编写委员会

目录

英雄儿女 / 001
影片档案 / 001

荣誉成就 / 002

影片史料 / 002

剧情故事 / 002

影评选粹 / 015

精彩回放 / 015

焦裕禄 / 016
影片档案 / 016

荣誉成就 / 017

影片史料 / 017

剧情故事 / 018

影评选粹 / 027

精彩回放 / 028

老兵新传 / 029

影片档案 / 029

荣誉成就 / 030

影片史料 / 030

剧情故事 / 031

影评选粹 / 041

精彩回放 / 041

海　霞 / 042

影片档案 / 042

荣誉成就 / 043

影片史料 / 043

剧情故事 / 043

影评选粹 / 053

精彩回放 / 054

冰山上的来客 / 055

影片档案 / 055

荣誉成就 / 056

影片史料 / 056

剧情故事 / 057

影评选粹 / 067

精彩回放 / 067

上甘岭 / 069

影片档案 / 069

荣誉成就 / 070

影片史料 / 070

剧情故事 / 071

影评选粹 / 080

精彩回放 / 081

创　业 / 082

影片档案 / 082

荣誉成就 / 083

影片史料 / 083

剧情故事 / 083

影评选粹 / 097

精彩回放 / 098

雷　锋 / 099

影片档案 / 099

荣誉成就 / 100

影片史料 / 100

剧情故事 / 100

精彩回放 / 110

李四光 / 111

影片档案 / 111

荣誉成就 / 112

影片史料 / 112

剧情故事 / 112

影评选粹 / 125

精彩回放 / 126

惊涛骇浪 / 127

影片档案 / 127

荣誉成就 / 128

剧情故事 / 128

影评选粹 / 141

精彩回放 / 142

炮兵少校 / 143

影片档案 / 143

荣誉成就 / 144

影片史料 / 144

剧情故事 / 144

影评选粹 / 154

精彩回放 / 155

羊城暗哨 / 156

影片档案 / 156

荣誉成就 / 157

影片史料 / 157

剧情故事 / 157

影评选粹 / 167

精彩回放 / 168

英雄儿女

为了胜利！开炮！向我开炮——
　　　——孤守阵地的王成大声喊道

影片档案

出品：长春电影制片厂
编剧：毛　烽　武兆堤
导演：武兆堤
主演：刘世龙　刘尚娴　田　芳

荣誉成就

影片《英雄儿女》中英雄王成的形象深入人心，尤其是"为了胜利！开炮！向我开炮——"这句话，几乎成为当时的流行语。

影片史料

1950年6月25日，朝鲜内战爆发，美国不顾《联合国宪章》的规定，公然武装干涉朝鲜内战，并从1950年10月7日开始，悍然出动飞机侵入中国东北边境领空，对中国边境的城乡进行轰炸扫射，把战火直接烧到了中国的领空和领土。美帝国主义的侵略行为已经威胁到了中国的安全，在全面分析了国际、国内形势之后，中共中央做出了一个重大决定——抗美援朝。

剧情故事

一

朝鲜的暮春时节，群山叠翠，金达莱盛开着。临近拂晓，靠近三八线不远的地区，一条公路蜿蜒着通向前方。敌人的夜航轰炸机"嗡嗡"地响，不时地投掷着炸弹。顷刻间，山林燃烧起来了，村庄陷入一片火海。

在大片大片的火光中，出现了中国人民志愿军担架队、运输队和支援前线的朝鲜民众的身影，他们快速地向前移动着。贴着山脚，十多个大大小小草绿色的帐篷，像蒙古包一样支着，这是中国人民志愿军某师临时指挥所。

一辆吉普车在坎坷不平的公路上向前疾驰着。车上，志愿军师政委王文清坐在司机的旁边，凝目眺望着炮火连天的远方，凝重的

面孔上露出一丝焦急的情绪。坐在他身后的警卫员也机警地注视着四周。

敌机在疯狂地扫射着、轰炸着,吉普车冲过烟雾,拐过一个山角,钻进了林荫夹道的山沟内。

这里浓烟滚滚,有三四百人正紧张地填补着大大小小的弹坑。他们大多是朝鲜妇女和老人,也有一些志愿军战士、医务人员,还有几个男女文工团团员。他们从河沟里、山坡上搬运着石头,一块块地将它们填进弹坑。

王文清乘坐的吉普车向这边飞驰而来,但在距离弹坑不远的地方,车被一名朝鲜女战士拦了下来。王文清从车上跳下来,车上人员也跟着跳下来。他们走到大炸弹坑旁看了看,吉普车显然是开不过去了。王文清皱了一下眉头,焦急地向四周望着,但也没有别的路可以绕过去。

一位年近六旬的朝鲜老大爷告诉他们,前面没有路了,并招呼着一些朝鲜男女过来帮忙抬车。大家纷纷动起手来。望着这一幕,王文清很是感激。

就在这时,一个志愿军文工团女团员走过来,她名叫王芳,十九岁,瓜子脸上长着一双明亮的大眼睛。她高挽着裤腿,赤着脚,两根又黑又粗的辫子有节奏地甩动着。看见大伙正在准备抬车,她也急忙跑过来，打算帮忙。

王文清一看是个年轻的姑娘，随口说道："别啦，你抬不动。"王芳不服气地说："我不信。"说着就往王文清身旁靠挤着要抬车。王文清只好笑笑，让出了地方。

当大伙抬吉普车的时候，有几辆装着物资、弹药的嘎斯车从后面向炸弹坑驶来。车上分散坐着二十多个伤愈归队的战士。汽车在大炸弹坑附近停下后，战士们纷纷从车上跳了下来。

一个头上缠着绷带，大约二十四五岁，面孔黝黑，身体结实的战士来到大坑旁，他叫王成。没有过多的话语，他示意战士们帮忙填坑。

吉普车被抬起后，王文清走到王芳面前说："小鬼，谢谢你。"王芳微笑地看着他。借着吉普车的灯光，他看清了王芳的面孔，突然感觉似曾相识，心有所动。

随后，王芳就下山了。在下山的路上，她正好碰到了王成。王芳惊喜地大喊一声："哥哥！"

王成一愣，非常高兴地喊："阿芳！"

这时候，敌机在上空盘旋着，一颗炸弹爆炸了，王成拉着王芳向山脚下跑去。

来到一棵树下的石堆旁，王成从王芳手里接过一封信，拿出里面的一张照片，深情地端详着。照片上是一位头发花白，精神矍铄，年约六十岁的老人，胸前挂着两枚劳动模范奖章。照片下方印有"上海中国照相馆1952年"的字样。王成喜悦地说："爸爸可真神气啊！"

分别之际，王芳把爸爸寄来的信交给王成，说："你在前方接爸爸的信不容易。"王成感激地望着王芳，伸手接过信装入口袋。

黎明时分，小空场的几棵大树下有三四十个战士在集结待命。有的在互相检查装备，有的在日记本上写着决心书。

这时，王成和几个刚出院的战士从山坡小道跑步来到小空场上。

来得早不如来得巧，他们正赶上王文清和团长张振华从团指挥所的房中走出来。

张振华给大家安排了新的任务，全体战士信心百倍。而王成和几个刚从医院归来的伤员也纷纷要求上战场。张振华起初不同意，但经过王成的软磨硬泡，他终于点头答应了。

张振华笑着对王文清说："王成是块好钢啊，放在哪儿也锤不扁、扭不弯的！"说着和王文清走到排好队的战士面前。

小空场上，战士们都认真地听着王文清的讲话。王成从树下走来，站在不远处，也在注意地听着。王文清说："我常和同志们讲，革命战士活着就要像条龙，不能像条虫。"王成把这句话深深地记在了心里。

和战士们交流完之后，王文清来到王成身边，突然看到信上"王复标"的名字，不觉一怔。想了想，转头凝视了王成一下，问道："你是哪儿人？"王成说："上海人。"顷刻间，王文清的目光中闪现出一丝惊喜，他继续问道："你父亲是修理汽车的老工人？"王成疑惑地望了望王文清，说："是啊！"王文清很兴奋。王成终于记起他就是当年的王东叔叔，而王成的父亲也一直在苦苦地寻找他呢。

二

傍晚时分，团指挥所里笼罩着紧张的气氛，几部电话都在与各方进行联系。团长张振华一直守在报话机旁，大口地吸着烟。通讯排长在不断地调整电波，向无名高地呼叫："851！851！我是延安！我是延安！请报告情况！"

然而，联络中断了。王文清和张振华急忙走到报话机旁，焦虑地倾听着，还是没有回音。整个团指挥所都寂静下来了，空气瞬间凝固。

无名高地四号阵地被硝烟笼罩着。在一号阵地与敌人进行殊死搏斗的王成，看到四号阵地情况不妙，立即来到这里察看情况。

这时，负责接听的步行机员已奄奄一息，王成痛苦地看了一下战友，急忙把耳机套在自己头上。团指挥所那边仍在呼叫："851……851……"忽然耳机内传来王成的声音："延安！延安！我是851，我是851！"在得知四号阵地只有王成一个人时，张振华表示立即增援。

炮弹掀起的碎石土块接连不断地向王成扑来，王成一面抹去脸上的沙土，一面把倒在地下的"英雄阵地"木牌子重新竖起来，又把散乱在战壕里的武器、手榴弹集中在自己身旁。见敌人没有动静，他便坐下来，随手掏出爸爸的照片和来信，沉思了一会儿，拿出铅笔，在信封后面写上："请王政委转交阿芳妹……"刚写到这里，敌人一阵猛烈的排炮打了过来。

王成急忙把照片放进一旁的挎包里，拿起话筒高呼着："延安！延安！王成呼叫。4号目标！请开炮！请开炮！"黑压压的一群敌人向上冲着，志愿军方面的炮弹劈头盖脸地飞入敌群，连续爆炸。敌人死伤遍地，狼狈地向山下溃逃。

正在王成高兴的时候，他的左后方又蹿上来二十几个敌人。王成一看，联系调炮已来不及了，便从身旁拣起一颗手榴弹扔向敌人，接着又捡起一颗，一面扔着手榴弹，一面喊着："你们想上来！给你们尝尝这个！"

尽管如此，敌人依然没有被打退，他们从三面向王成包围上来。王成捡起几颗手榴弹向前后左右的敌人扔去。然后，他对着话筒大声喊："敌人包围我了！向我这儿打，别顾我！别顾我！"

果真，成群的敌人包围了王成。王成一手扔着手榴弹，一手拿着话筒喊道："别顾我！向我开炮！向我开炮！为了胜利！开炮！向我开炮——"

王成的手榴弹用光了。他一边用石头砸向敌人，一边向四周搜索着弹药。忽然,他发现在倒塌的工事里有一根爆破筒,他飞奔过去,急忙把爆破筒抽出来。就在这时,数十个敌人已逼近工事。王成毫不犹豫地把最后一根爆破筒用胳膊夹着,另一只手拿起话筒高喊着:"亲爱的首长!同志们!王政委!胜利永远属于我们!"

说着,王成用力拉出爆破筒的导火线,纵身跃入敌群中。一声震天动地的巨响,敌人纷纷倒下。爆炸后的阵地上,一片死寂。

在一片苍松挺秀的山坡上,临时搭起了一个小舞台。舞台顶上张挂的横布条上写有"军直属队祝捷大会"的字样。志愿军的干部、战士们和一些朝鲜群众正坐在绿草如茵的地面上,观看着文工团的演出。

演出进行着,王文清和几个干部向会场走来。此时,台上正在上演朝鲜的民间舞蹈——《诺多尔江边》。随着音乐响起,王芳和几个身着艳丽朝鲜服装的女演员,在台上翩翩起舞。王芳舞姿优美,歌喉婉转动听,给全场观众带来了极大的愉悦。

王文清一动也不动,目不转睛地注视着王芳,眼中流露出疑惑的神色。随后,一名干部走过来,递给王文清一封信,信封上写着:

速交　军政治部
王文清主任　亲启

王文清拆开信封,从里面取出了被火烧得残缺不全的王复标的来信和照片。他看了看王复标的照片,轻轻闭上了眼,极力控制着自己的感情。照片背后有模模糊糊的铅笔字迹。他仔细看着,原来就是王成壮烈牺牲前所写的那几句话:请王政委转交阿芳妹,她去年参军到朝鲜,现在在咱们军……王文清看到这几句话先怔了一下,然后陷入了沉思。正在这时,王芳从远处走来,她走到王文清面前敬礼,说:"首长,你好!"

王文清握住王芳的手，称赞地说："你跳得不错呀，小鬼！"随后，王文清端详了王芳一会儿，风趣地说："咱们见过面哪！"王芳一愣，想了想，忽然握住王文清的手说："对啦！抬汽车的时候。"说着笑了起来。

王文清又问了王芳的名字，确认了王芳就是王成的妹妹。王芳很高兴，回忆着与哥哥的开心往事，但此时王文清的心却沉重起来，他不知道怎样向王芳开口。最后，他让王芳到他的办公室找他。

来到办公室后，王芳向王文清敬了个礼，王文清示意王芳坐下，开始像拉家常一样和王芳聊了起来。王芳兴奋地聊着家人的事，尤其说到哥哥时，她的眼睛亮晶晶的。然而，王文清却双眉紧皱，似乎想说什么，但又不知该从何处谈起。

王芳并没有意识到什么，仍在滔滔不绝地说着哥哥的故事。稍停，王文清转过身来说："他是个好同志，他很坚强。他是我们全军学习的榜样！"王芳似乎预感到什么，疑惑地望着王文清。王文清极力使自己保持镇定，从墙上挂的皮包里抽出那封信，慢慢递给王芳。

王芳接过信，顿时犹如晴天霹雳。她极力地抑制着自己，呆呆地望着信、照片和哥哥最后留下的几句话。她似乎在尽力回忆什么，然而脑子里却一片空白。

王文清走到王芳跟前，默默地抚摸着她的头，说："王芳，不要难过，你哥哥很光荣，他的牺牲比泰山还重啊！"王芳用毛巾擦了擦眼泪，默默地听着。

王文清接着说："军党委已经做出决定，要把你哥哥的英雄事迹在全军普遍进行宣传教育，要让每一个战士都学习他那种革命英雄主义精神！"

王芳目不转睛地望着王文清，注意地听着他的话。王文清继续说："你最了解你哥哥，你应该把他写出来，唱出来！让全军都知道，让全国人民都知道！"王芳受到了鼓舞，点了点头，以深沉的声音说："对！"

夜里，王芳伏在一张小炕桌上，就着烛光写着歌颂哥哥英雄事迹的歌词，这就是后来著名的歌曲《歌唱英雄王成》。

青山脚下，翠绿的松林中，排列着一辆辆坦克。战士们有的倚在坦克上，有的坐在地上，静静地听着王芳和文工团团员们歌唱着英雄王成的颂歌。

风烟滚滚唱英雄，
四面青山侧耳听，侧耳听。
晴天响雷敲金鼓，
大海扬波作和声，
人民战士驱虎豹，
舍生忘死保和平。
为什么战旗美如画？
英雄的鲜血染红了它。
为什么大地春常在？
英雄的生命开鲜花。
…………

当王芳唱完后，大家纷纷跑过来与她握手，她含着泪花向大家表示感谢。张振华也走过来紧紧握住王芳的手，高兴地说："好极了，好极了！"王芳不好意思地低下了头。张振华说："你很有天赋，你叫什么名字？"王芳回答说："王芳！"

得知王芳是王成的妹妹后，张振华怔了一下，随后用力地握住了王芳的双手，激动地说："欢迎！欢迎！"他转身向周围的人介绍，"这是我们英雄的妹妹！"周围的人立刻围了上来，纷纷向王芳伸出手。王芳感动得热泪盈眶。一个年轻的战士走上前来，对王芳说："王芳，请转告你爸爸妈妈，让老人家保重身体。"

张振华突然想起了什么，转身走到王文清面前问："王主任，她爸爸不就是你老朋……"

　　王文清有意回避着，拉着张振华就往外走。张振华跟在王文清身后，感到非常奇怪。最终，在张振华的一再逼问下，王文清说出了内幕——王芳是他的女儿。

　　原来，大约二十年前，王文清和妻子在上海做地下工作，生活很苦。王芳满周岁那年，王文清的妻子被捕，不久便被敌人杀害了。之后王文清一个人带着孩子，非常不易。幸亏遇到了王成一家。王成的父亲王复标非常热情，经常主动帮忙。王文清被捕之后，王复标便收养了王文清的女儿。

　　在敌人把王文清从上海押往苏州的时候，王复标还抱着王芳到监狱来看望，这些情景至今历历在目。当时小王芳隔着铁栅栏哭喊着："爸爸！爸爸！"王文清目不转睛地望着王复标和他怀中抱着的小王芳。直到囚车开走，小王芳呼叫爸爸的声音依然在王文清心中震荡着。

　　从此以后，王文清再也没见过王复标。直到抗日战争爆发，王文清被党从监狱里救出来，参加了游击队，也没有找到王复标一家。但老天有眼，让王文清在朝鲜战场上见到了自己的女儿。

　　王文清之所以没有认这个女儿，是碍于王复标的情面。王复标辛辛苦苦把自己的女儿养大，肯定受了不少苦。他准备找时机再把这件事说开。

　　文工团团员们要离开了，王文清来到王芳的面前，抚摸着她的头，亲切地说："好好向战士们学习！"转身向全体文工团团员们说："处处都要以王成同志为榜样，严格要求自己。宣传英雄，歌唱胜利，到了前沿要听指挥！"

三

　　在炮火纷飞的阵地上，王芳和文工团团员们沿着战壕向山后跑去。刚转过一个山头，突然响起一阵炮弹的呼啸声，一连串的炮弹在他们身边爆炸。

硝烟弥漫中，王芳伏在地上，从口袋里掏出小本和笔，对身旁的连队文书说："文书！快把你们连队炊事班的模范事迹给我谈一谈。"炮弹仍在爆炸着，文书用手比画着，讲着。

山后峭壁悬崖下，一个天然小石洞的前面，用几块雨布搭成了一个简陋的小棚，棚下搭着锅灶、小磨盘，摆着各式各样的炊事用具。小棚附近布满了大大小小的炸弹坑。炊事员李永禄和赵金贵正在忙着切菜做饭。

王芳和几个文工团团员向小棚走来。王芳向炊事员老李和老赵喊道："炊事员同志，你们辛苦了！我们代表军首长来慰问你们啦！"老李和老赵一扭头看见王芳和文工团团员们，高兴地说："哎哟，文工团来啦！"

一切就绪之后，一个女团员庄严地宣布："现在慰问演出开始。第一个节目：大鼓，《歌唱炊事员》，演唱者王芳。"紧接着田玲弹起三弦，王芳熟练地敲起了大鼓。

就在王芳唱到一半的时候，突然山后传来敌机声。老李急忙站起来，"飞机！快进防空洞。"说着便和老赵帮着文工团收拾乐器。

这时，一架敌机朝着老李俯冲下来。老李却未发觉，仍在招呼着远处的担架队。王芳正欲进防空洞，发现敌机俯冲下来，她把小鼓甩掉，一个箭步扑向老李，把老李按倒，用自己的身体掩蔽住了老李。他们刚趴下，一串机枪子弹扫了下来，接着几个炸弹在他们身旁爆炸。王芳身子一震，从老李身上跌下来，顺着山坡滚了下去。

老李、老赵呼叫着向山坡下奔去。王芳咬着牙挣扎着要起来，但刚爬起来又摔倒在地上。众人跑过来问："王芳，怎么样？伤哪儿啦？"一个女团员撩起王芳的衣服后襟看着。

王芳一手按住自己的腰，一手扶着田玲站了起来，忍着剧痛说：

"不要紧。"然后着急地对身边的女团员说:"我得把它唱完呀!"说着她推开众人挣扎着向前走了几步,但实在支持不住,身子一歪,倒在地上了。

兵站医院里,王芳躺在病床上。大夫和闻讯赶来的王文清走进来,王文清站在病床前,默默地望着王芳。

王芳面色苍白,紧闭着眼睛,呼吸有些急促,偶尔发出微弱的呻吟声,在她的枕头旁边放着精心裱糊过的王复标的照片和那封残缺的信。王文清轻轻地拿起照片和信看了一会儿,又轻轻地放回原处。

一个护士端了杯水走过来。王文清从护士手里接过杯子,做了个手势,表示"让我来喂她"。于是他坐在王芳的床沿上,用勺子一下一下地给王芳喂水。王芳慢慢睁开眼睛,看见王文清坐在自己身边,连忙叫了一声:"首长!"

王文清默默不语,轻轻地抚摸着王芳的头发,同时安慰她说:"好好养伤,现在什么也别想。"这时,穿着白罩衫、戴着眼镜、年约四十的孟院长走了进来。王文清走过去同孟院长握手。孟院长走到王芳床前,先摸了摸她的前额,又在她的腿上轻轻地敲了敲,问道:"怎么样?有感觉吗?"王芳摇了摇头。

孟院长皱了一下眉头,然后示意王文清出去说话。王文清会意,和孟院长来到门外不远处的一棵树底下,孟院长说:"今天晚上就有一趟开回祖国的卫生列车,我们准备让王芳就乘这趟火车回去。"

随后王芳坐上了火车,躺在靠近车厢门的一张病床上。王文清站在王芳的床前,仔细地检查了一下被褥的厚薄,并帮她垫了垫枕头,然后极为关心地说:"好!车走起来很冷,被子盖好,小心着凉。"

王芳从王文清身上感受到了一种父亲的关爱,她说:"我从第一次见到你,就觉得你待我像我爸爸那样好。"王文清笑了。王文清深情地说:"小鬼,好好养伤,我们等着你!"说着和王芳握手告别。

黄昏,一阵马达声响起。慰问团的车队开着明晃晃的大灯在公路上行进着。走在车队前面的是几辆小吉普车,其中一辆吉普车上坐着王复标和其他几个人。车上不时发出一阵阵笑声。

军部驻地的山沟口上,排列着长串的欢迎队伍,人们穿着各色鲜艳整洁的服装。当慰问团的车队走近的时候,人们挥动着鲜花、彩色旗子,爆发出一片雷鸣般的欢呼声。慰问团的代表纷纷跳下汽车,列队向欢迎的人群走来。

站在欢迎队伍前面的王文清等人一下拥上去,向代表们献花、握手。有人指着王复标向大家高声喊道:"这就是我们英雄王成同志的爸爸!"霎时间,人们拥了过来,把王复标团团围住。王复标抱着一大束鲜花,激动地望着大家直点头,但一句话也说不出来。张振华从人群中挤了进来,大声喊着:"王复标同志,我代表我们全团向你致敬!"

祖国慰问团,特别是英雄的父亲的到来,大大提高了战士们的战斗意志,大家都情绪高涨地迎接着即将到来的总攻任务。王成生前所在的部队也组成了"王成排",王成的战友赵国瑞担任排长。战士们向英雄的父亲和祖国的人民宣誓:"为了祖国,为了朝鲜人民,一定要消灭美国强盗!"

随后,王文清把王复标请到了自己的办公室内。看着王文清,王复标并没有认出他,经王文清的再三指点,王复标终于恍然大悟,异常激动地说:"王东兄弟呀,我可找着你啦!"说着泪水从他的眼眶里流出来。

屋内另一处,慰问团其他代表莫名其妙地望着王文清和王复标,低声议论着,猜测着。张振华凑过去,向他们指手画脚地讲解着什么。王复标走到桌旁坐下,向王文清介绍道:"阿芳,就在你们军啊!"王文清笑了笑说:"我知道!"王复标非常诧异,问:"阿芳知道吗?"王文清说:"我什么也没有告诉她。"

志愿军强大的炮兵阵地上,一门门重炮排列在山坡上,炮兵战士们威武地站在炮旁。大炮身上，插在地上的标语牌上，张贴着醒目的标语：

  以新的胜利欢迎祖国亲人！

  狠狠地打击美国侵略者！

  王复标和慰问团的代表们兴奋地望着威武的炮兵战士们，向他们挥手致意。炮兵战士们鼓掌答谢。王复标沿着夹道欢迎的人群，在张振华的带领下向指挥所的坑道口走去。

  王复标正欲进坑道，不远处忽然传来一个女孩子的喊声："爸爸！爸爸！"王复标猛然回头望去，只见山脚下王芳正气喘吁吁地跑来。王复标急忙迎上去。

  王芳见到父亲，高兴得差点儿跳起来。之后，王复标拉着王芳向坑道走去，边走边说："阿芳！你还记得吧，我不是常给你说，十八年前叫敌人抓去的王东，他就是你的亲生父亲！"

  王芳完全愣住了，她靠在一棵松树上。王文清和王复标相互望了望，微笑着，看来两个老辈人已完全商量好了，唯独王芳蒙在鼓里，她好像不认识王文清似的直盯盯地望着他。最后，她终于轻声叫了一声："爸爸！"

  王文清异常激动，他用手抚摸着王芳的头，轻轻地点了点头。王复标内心也极激动，"阿芳，大喜事啊！你有我这个老工人的爸爸，又有个老革命的爸爸！哈哈！"王文清说："是啊！阿芳，那你可要好好向你哥哥学习，做个工人阶级的好女儿，做个革命的接班人！"

  就在这时，天空升起了无数信号弹。王文清望着天空，兴奋地说："战斗打响了！"王成排的战士们都站在后方的山头眺望着，脸上洋溢着胜利的喜悦。他们的身后，无数明光闪闪的照明弹，像焰火似的布满了天空。

影评选粹

人物情感细腻·保留小说主线·歌颂式段落

影片《英雄儿女》是根据巴金的小说《团圆》改编而成的。巴金对战争与人的关系的理解，对人物情感细腻的表现，都为再度创作提供了发挥的空间。

影片在保留原小说主线，即王文清与失散多年的女儿王芳在朝鲜战场上团圆之外，着重突出了王成壮烈牺牲的过程，反映了人民志愿军无畏、勇敢，为了全局胜利宁肯牺牲个人的崇高精神。

导演十分注重以抒情的手法，烘托、渲染英雄形象。比如，紧接着王成牺牲后的硝烟，影片采用黑白和浓淡大反差的烟云、火焰及画外音乐，营造了一个歌颂式的段落，抒发了强烈的悲伤的情感。

精彩回放

在朝鲜战场上，王成所在的连队为了拖住敌人，坚守无名高地，一次又一次地打退了比自己多数倍的敌人，最后寡不敌众，被敌人重重包围。王成毫不畏惧，对着话筒喊道："为了胜利！开炮！向我开炮——"随即拉响了爆破筒，冲向敌群，与敌人同归于尽。

在这个场面中，王成喊出这句话时，就为我们树立了一个神圣的标尺，令我们崇敬。王成身上体现出来的大无畏的勇敢精神，正是我们伟大中华民族威武不屈、奋勇向前的强大动力。

焦裕禄

把我运回兰考,埋在沙丘上……活着我没治好沙丘……死了也要看着你们把沙丘治好……

——焦裕禄弥留之际的最后愿望

影片档案

出品:峨眉电影制片厂

编剧:方义华

导演:王冀邢

主演:李雪健　周宗印　张　英

荣誉成就

影片《焦裕禄》在 1991 年荣获第十一届中国电影金鸡奖最佳故事片奖，最佳男主角奖；第十四届大众电影百花奖最佳故事片奖，最佳男演员奖；广播电影电视部 1989—1990 年优秀影片奖。影片把思想性、艺术性和观赏性完美地结合起来，成为 20 世纪 90 年代主旋律电影百花齐放时期一个完美的开端。

影片史料

20 世纪 60 年代初，由于"大跃进"、反右斗争错误以及苏联中断援助等原因，加上自然灾害的影响，中国的工农业生产大幅下降，物资紧缺，市场供应极度紧张。

1961 年 1 月，中共中央八届九中全会提出：鉴于农业生产连续两年遭到严重的自然灾害，1961 年全国必须集中力量加强农业战线，全党全民大办农业、大办粮食，加强各行各业对农业的支援，尽最大努力争取使农业生产获得较好的收成。

河南省兰考县受风沙、水涝、盐碱"三害"困扰历来已久。每逢荒年，难以计数的兰考人背井离乡，靠乞讨为生。1962 年，兰考遭受重大自然灾害，焦裕禄受河南省委开封地委组织部之命，来到荒灾严重、自然条件极差的河南兰考县担任县委第二书记。

剧情故事

一

深冬季节，北风呼啸，寒气逼人。灰白色的天空中弥漫着一种浓烈的肃杀之气，压得人喘不过气来。在晨霜的侵蚀下，兰考县显得死气沉沉，如同一位渐渐失去体温的老人，苦苦地做着最后的挣扎。一条破败的街道上，人影依稀，一头瘦骨嶙峋的黑猪孤独地悠来晃去，四处觅食。凄惨的气息肆无忌惮地游荡在街上的每一个角落。

一位身穿已褪色的棉大衣，头戴一顶黑色毡帽的中年男子，双手提着两个布袋，正在街上疾步行走。他个子不高且黑瘦，但很精干，高颧骨，黝黑的面庞透出刚毅，一双忧郁的眼睛虽然充满了焦虑的神色，却很平静。看到迎面过来的小贩时，他的嘴角习惯性地浮现笑意："请问老大爷，县委会在哪儿？"

"不知道，不知道。"小贩不耐烦地说完，推着车子扬长而去。

中年男子无奈，继续向前走去。没走几步，忽然从后面蹿出一群衣着破烂的小乞丐，纠缠着把他围了起来。他不慌不忙地从布袋里掏出干粮，向四下分去，笑着说："别抢，别抢……"不一会，他抖开布袋口，说："没了，真的没了！看，布袋已空了。"

小乞丐们雀跃着把中年男子簇拥到了县委会大门口。正在值班的小孙看到这情形后，极不耐烦地嚷道："哎哎哎，干什么的？站住！讨饭也不看看地方，这里是县委会，懂吗？"

中年男子不动声色地把一封信递了过去，小孙打开信封，念道："焦裕禄。"又抬起头诧异道，"哎哎哎，你是焦裕禄吗？"

"我是焦裕禄。"中年男子心平气和地答道。

原来，这位中年男子就是焦裕禄，他这次是奉省委组织部的命令，来灾情严重的兰考县担任县委第二书记。此时，县委组织部屋里，人声嘈杂，乱哄哄的。几个干部正在纠缠县委组织部部长潘建，闹着要求调离兰考县。焦裕禄推门走进屋，大家顿时安静了下来。正在气头上的潘建转头望去，语气生硬地说：" 哎，你有什么事啊？"

焦裕禄的嘴角浮现一丝笑意："我是来报到的。"说完，便递上信件。

潘建眼睛一亮，匆忙打开信件，一看，极为热情地说："哎呀，焦书记，你来得真快啊！地委刚刚来电话通知我们，王书记正等着你呢！"

"噢。"焦裕禄应了一声，便走出屋去。

漆黑的夜晚，屋外寒风萧瑟。白天的所见所闻让焦裕禄无法安睡，他披了件上衣坐了起来，点燃一支烟，盯着炭盆中燃烧殆尽的火苗，若有所思地发起呆来。

第二天，天空刚泛白，焦裕禄便叫醒小孙，决定下乡看看。他俩推着自行车，行走在一片荒凉的沙丘上。忽然，传来一阵杂乱的喊骂声，只见一名村民被几名干部模样的人用棍子抽打着，从远处押了过来。焦裕禄推着自行车迎了上去，大声质问："怎么回事啊？"

"他偷番薯！"一名手执长棍，村干部模样的人理直气壮地说。

没等焦裕禄开口，这名村民扑通一声跪在地上，诉说起自己的苦衷："同志，娃娃饿啊！只分了我十二两高粱……揭不开锅啊！"

"揭不开锅，你就偷啊！"领头的干部说完，便挥舞棍子向村民打去。

"住手！"焦裕禄连忙向前跨出几步，一把夺过干部手中的长棍，语气坚定地说："你有什么权力打人？"说完，随手把棍子甩了出去，上前扶起倒在地上的村民。

这名干部吃了一惊，用不屑的眼光上下打量了焦裕禄一番，问道:"你是谁?"

"我是县委书记,你们赶快把人放了,"焦裕禄的语气坚定而有力,他顿了顿,继续说,"带我上村子里看看乡亲们,咱们合计合计救灾的事。"

"放人!"干部立即对其他几个人说道。几个人立即上前给村民解开绳子。村民激动地跪在焦裕禄面前,大声哭喊:"青天大老爷啊!"

"快起来,"焦裕禄一把扶起村民,语气平静地说,"不要这样,是我们的工作没做好,对不起乡亲们。"

村民激动地扑到焦裕禄的怀里,失声哭了起来。焦裕禄出神地望着一眼望不到头的沙地,陷入了沉思。几只乌鸦凄惨地叫了几声,拍打着翅膀飞走了。

夜晚,县委会议室里,人声嘈杂。县委委员们正在议论纷纷,发泄着自己的满腹牢骚。焦裕禄坐在墙角,平静地看着这一切。这时,潘建看了一眼手表,提醒县长吴荣先:"时间不早了。"吴荣先也低头看了下自己的手表,说:"好,现在开会!"说罢,便站起身,向大家介绍坐在墙角的焦裕禄:"这位就是新调来的县委书记焦裕禄同志,大家欢迎!"

焦裕禄在一阵掌声中,从容地走上前,坐了下来。一旁的吴荣先说:"老焦,你先给大伙说说吧!"焦裕禄似乎成竹在胸,他环视一圈后,用缓慢而坚定的语气说:"同志们,今天我是第一次参加县委会会议,心里头有很多的话想给大家说,不过,老吴啊,我建议大家先到火车站看看,请吧!"说完便抬脚朝屋外走去。

大家愣了一下,才纷纷离开座位,向屋外走去,剩下吴荣先独自一人在屋里。

寒风呼啸,大雪纷飞,兰考火车站显得分外萧索。路灯在风雪中摇晃不定,昏黄的灯光下,面黄肌瘦的灾民密密麻麻地蹲坐在那里。在漫天飞舞的鹅毛大雪下，灾民蜷缩在一起，希望可以获得一丝温暖。女广播员百无聊赖地重复着车站的守则内容，语气尖锐而生硬。一种凄凉的气息充斥着整个车站。

站台下，到处堆放着已被雪花覆盖的救灾物资。焦裕禄和县委委员们痛心地看着眼前的情景。这时，一列专门运送灾民的闷罐子车"轰隆轰隆"地驶了过来。车还未停下来，灾民们便从四面八方蜂拥而至，争先恐后地向火车拥去。顿时，喊声、哭声乱成一片。

焦裕禄揪心地看着眼前的情景，并迅速蹿到灾民的洪流中，声嘶力竭地喊道："乡亲们，大家不要乱。"他的声音被滔天的喧嚣声淹没了。灾民们不顾一切地向车内冲去。

火车缓缓启动了，规律性地喷出白而长的水汽。焦裕禄弯身捡起脚下一块发霉变黑的窝窝头，面色凝重起来。他强忍着眼中打转的泪水，目送火车渐渐远去。

回到县委会议室后，焦裕禄激动地摇晃着手中的黑窝头，开口道："我希望永远不要忘记今天火车站的情景，故土难离啊！同志们，这些灾民都是我们的父老兄弟、骨肉乡亲，这大雪天的，拖家带口，背井离乡，心里头是啥滋味？"他的声音有些哽咽，顿了顿，继续说，"党把兰考三十六万群众交给我们，我们没能领导他们战胜灾荒，却让他们端着碗讨饭，四处流浪，我们还不感到羞耻和痛心吗？"

县委委员们一个个都羞愧地低下了头。最后，在焦裕禄的提议下，大家一致决定：明天一早，所有的干部一律上火车站，把那里的救灾物资发放下去，并决定立即取消"特殊供应本"。

当天晚上，焦裕禄便来到吴县长家里，与他商议救灾事宜。可吴县长对灾民漠不关心，并劝焦裕禄罢手，说这是真心实意为他好。焦裕禄无法接受吴县长的言行，一字一句地说："再不彻底治理灾害，改善群众生活，再发生逃荒要饭、饿死人的现象，你我都会成为历史的罪人！"说完，愤然离去。

二

天刚泛白,焦裕禄便冒着风雪和县委干部们到火车站搬运救灾物资,亲自上门发放物资到灾民手中。

在梁庄村,焦裕禄走进一个低矮的柴门。里面住着一对无儿无女的老夫妻。老大爷有病躺在床上,老大娘是个瞎子。他一进屋,就坐到梁大爷的床头,关切地问候:"梁大爷,您的病怎么样了?生活有困难吧?"

梁大爷颤巍巍地问:"你是谁啊?"

"我是您的儿子。"焦裕禄亲切地说。

"大雪天,你来干啥?"

"毛主席叫我来看望您老人家。"

老大娘听到这儿,再也抑制不住自己的感情,一边用抖动的双手上下摸索,一边连声说:"让我看看毛主席的好干部,让我看看毛主席的好干部……"

在焦裕禄的带领下,全县展开了大规模的追洪水、查风口、探流沙的调查研究工作。焦裕禄经常和同志们一道奔走于大风沙中。这次,他又和同志们在漫天黄沙中开展调查研究工作。他们在一个风口处停了下来。一旁的同志介绍说:"老焦啊,这是个风口,这风一刮起来啊,就像西伯利亚的寒流一样长驱直入,一点都挡不住啊!"其他同志也纷纷议论起来。

焦裕禄戴着防沙镜,在肆虐的风沙中,为让同志们听清自己的声音,他竭尽全力地发出声音:"我说呀,锁住它!用防风林锁住它,一道不行两道,两道不行三道……拼了命也要堵住这个风口!"

"堵住它!"同志们纷纷响应。

说完,他们向风沙深处艰难地行去。他们就这样送走了风沙滚滚的春天、暴雨连连的夏季,在风里、雨里、沙窝里度过了一个月又一个月,方圆跋涉了五千余里,终于掌握了"三害"的第一手资料。

为了找到治理"三害"的方法,焦裕禄亲自上门找到饲养员肖位芬老人,虚心向他请教。夜晚,在微弱的煤油灯光下,他俩围在饭桌旁,谈兴正浓。肖位芬老人边抽着旱烟边说:"焦书记啊,您要信得过俺呢,俺就瞎叨叨两句:这治风沙啊,就得多种泡桐,它压风、挡沙,用场也大,一方板能值一百多块钱呢!它的命也贱,一栽就活。"

焦裕禄喝了口汤,说:"你往下说。"

肖位芬老人抽了两口烟,接着说:"咱兰考不是有三宝吗,泡桐、花生和大枣。那沙土是最养花生的,这花生秧又是牲口的好饲料;那大枣房前屋后都能种,能填肚子,能卖钱,样样都是宝啊!"

随后,在肖位芬老人的介绍下,焦裕禄找到了县园艺场的老场长,说明了来意。老场长向焦裕禄保证:"焦书记,您就放心吧,开春时,您要多少泡桐苗,我保证给您交多少,误不了事的。"

"你这么有把握?"焦裕禄不解地问。经过老场长的解释,焦

裕禄知道了原来是大学生小魏的功劳，便决定去看看他，并带上了一袋大米。可当他来到小魏的宿舍时，老场长的女儿慌忙跑了过来，说小魏要回老家去，已去了火车站。焦裕禄二话不说，向火车站跑去。最终，小魏被焦裕禄打动，决定留下来继续工作。焦裕禄强忍着肝痛，欣慰地笑了。

三

不久，赵专员过来传达组织部的命令。焦裕禄被提升为县委书记，潘建任县委副书记、县长。吴荣先被降为县委第二书记，显得很不高兴。

在焦裕禄的家里，一家六口正围坐在桌旁，准备吃饭。焦裕禄还在专心地看报。小儿子跃进瞪大眼睛，看着桌上的菜，满脸不高兴地问："妈，红烧肉呢？"

"今天没来得及烧，明天再吃啊。"徐俊雅苦笑着安慰道。可跃进不听话，固执得很，非要吃红烧肉不可。

"跃进是个乖孩子，咱吃窝窝头啊！"焦裕禄顺手拿起一个窝窝头，递了过去，"你闻闻这窝窝头多香啊！"

跃进气得把小嘴噘得老高，一把将窝窝头摔在地上，大声哭喊着："妈妈骗人，妈妈坏，妈妈说话不算话。"

焦裕禄面色凝重地看着儿子，有些生气地说："跃进，把窝窝头捡起来！"

"不捡！"

"捡不捡？"

"不捡，不捡，就不捡！"

焦裕禄腾地站了起来，一把抓住跃进，扬起手在他的屁股上狠狠地打了几下。跃进"哇"地大哭起来。徐俊雅急忙劝阻，说了两句，便含泪走开了。

焦裕禄消了气，平静地说："别怪你妈妈，是爸爸把买肉的钱给花了。"其实，他把买肉的钱替别人交了住院费。焦裕禄招手把跃进叫到身边，一把把他抱在怀里，哄着说："不哭，乖，爸爸错了，爸爸检讨，好吗？"他从桌上拿起一个窝窝头，语重心长地说："知道吗，这粮食啊，是国家支援咱们灾区人民的，从好远好远的地方运来的。现在咱们国家还很困难，有好多种粮食的伯伯还吃不上窝窝头呢，还在挨饿，懂吗？"

跃进听了后，渐渐平息了哭声。焦裕禄咬了一口窝窝头，细细地品味起来。这时，一名村民慌忙冲了进来，上气不接下气地说："焦书记，老场长他不行了！"焦裕禄一听赶紧向医院跑去。

老场长的死给焦裕禄带来很大的震撼和很多的感悟。他立即做了调查，了解到全县脱产干部竟然有400多人得了浮肿病，并且已经因病死亡了36人，算上老场长，就有37人。他深深地意识到这都是因为干部们长期缺油短粮，身体素质差。夜晚，在办公室里，焦裕禄面色凝重地召集领导班子开会。他说："干部是党的宝贵财富，特别是咱们重灾区，干部就更重要了！要是一个个都倒下了，让谁带领乡亲们发展生产。"

最后，焦裕禄和潘建达成一致，决定明天起给全县的脱产干部做一次全面的身体检查。焦裕禄认识到，问题的关键是要让干部吃饱肚子。为了搞到十几万斤粮食，焦裕禄提议并决定挪用公款，去买高价粮。潘建被深深地感动了，激动地说："老焦，这事交给我来办。你别管了，你干脆装不知道。万一出了事，我潘建一个人兜着，顶多摘了我这顶乌纱帽！"

"不，我是书记，一切责任由我承担。"焦裕禄正襟危坐，平静地说。

吴荣先知道这件事后，暗地里向组织告黑状。高价粮被扣在了半路。组织部认识到事情的严重性，便派赵专员下来调查情况。夜晚，

焦裕禄

在县委会议室，赵专员召开了紧急会议。在会上，潘建主动公开承担了责任。赵专员放心地说："唉，我就知道焦裕禄不会干这种蠢事。"

"不，这件事是我提议和决定的。潘建同志只是执行我的决定。"焦裕禄平静地说。

赵专员吃了一惊，在场的干部也都沉默了。当推门走出屋时，他们惊呆了，门前密密麻麻地站立着上千名群众。"同志们，你们有事吗？"赵专员疑惑地问。

"赵专员，如果你们要处分焦书记，我们全县的老百姓，就要到省里告中央，到毛主席面前去喊冤！"

"你们都要喊冤吗？"赵专员进一步问道。

"对！"黑压压的人群异口同声地发出声音。

"好！我也算一个！"赵专员举起了右手。顿时，掌声四起。焦裕禄愣愣地看着眼前的一切，晶莹的泪水在眼里不停地打转。

夜很深了，焦裕禄的办公室里还亮着灯。这时，女儿小梅过来送饭。屋里的焦裕禄正用力按着肝部，因剧烈的疼痛，他抑制不住地发出呻吟。小梅愣住了，"当啷"的一声，饭碗掉在地上。焦裕禄抬起头，他的面容极其憔悴。小梅痛哭着一下子扑到焦裕禄的怀里，失声叫道："爸爸……"焦裕禄温柔地抚摸着女儿的头，安慰道："小梅，爸爸刚才有点不舒服，已经过去了。"小梅泣不成声："爸，咱回家吧，你要给累死的！你要给累死的！"

"傻孩子，爸爸怎么可能死呢？爸爸还没给你买新衣服呢！"焦裕禄用颤抖的声音说。

"不，小梅不要新衣服，俺只要爸爸，俺只要爸爸……"小梅说完，痛哭着再次扑到焦裕禄的怀里。

病情不断恶化，焦裕禄不得不住院治疗。在长龙一般的群众队伍的包围下，焦裕禄恋恋不舍地望着父老乡亲们，并与他们一一握手告别，坐上了前往郑州医院的火车。

夜晚，在郑州医院的病房里，焦裕禄平静地躺在病床上，知道自己的时间不多了。窗外电闪雷鸣，风雨大作。正处于弥留之际的焦裕禄骨瘦如柴，面色憔悴。赵专员紧紧地握住焦裕禄的手。焦裕禄艰难地喘着粗气，声音颤抖地说："把我运回兰考……埋在沙丘上……活着我没治好沙丘……死了也要看着你们把沙丘治好……"窗外一阵雷电袭来，白亮的闪电霎时间击破黑暗，焦裕禄缓缓闭上了双眼。

1964年5月14日凌晨，焦裕禄在郑州医院病逝，终年42岁。

影评选粹

实事求是·理想色彩

首先，影片《焦裕禄》严格遵循了实事求是的精神，采用了现实主义的创作手法，既不掩饰，也不回避，历史地、真实地、艺术地再现了焦裕禄平凡而伟大的足迹，刻画了他带领群众迎难而上、顽强进取的大无畏精神，为我国当代电影画廊又增添了一个富有艺术魅力的社会主义新人形象。

其次，它在艺术风格上是深沉、凝重、悲壮、真实自然、朴实无华、极富感染力的。全片的基调激昂、凝重，散发出浓郁的地方特色和乡土气息，并且把思想性、艺术性和观赏性完美地结合起来。

最后，全片虽然遵循了现实主义的创作原则，但在结尾处却大胆采用了浪漫主义的理想色彩。影片中，焦裕禄迎着我们缓步走来，他身后的蓝天、黄土之际，蓦然拥出黑压压的一片擎旗人和无数面猎猎飘舞的红旗。此时，摄影机节奏酣畅，场面调度打开，将革命现实主义与革命浪漫主义浑然合一，以象征手法揭示了焦裕禄形象的鼓舞力量，升华出崇高悲壮的美感，从而使影片达到了很高的艺术境界。

精彩回放

影片中，焦裕禄带着小孙冒着风雪，亲自来到灾民家中发放救灾物资。

在梁庄村，焦裕禄走进一个低矮的柴门。里面住着一对无儿无女的老夫妻。老大爷有病躺在床上，老大娘是个瞎子。他一进屋，就坐到梁大爷的床头，关切地问候："梁大爷，您的病怎么样了？生活有困难吧？"

梁大爷颤巍巍地问："你是谁啊？"

"我是您的儿子。"焦裕禄亲切地说。

"大雪天，你来干啥？"

"毛主席叫我来看望您老人家。"

老大娘听到这儿，再也抑制不住自己的感情，一边用抖动的双手上下摸索，一边连声说："让我看看毛主席的好干部，让我看看毛主席的好干部……"

焦裕禄心里装着全体人民，这个场景概括了他终生的使命和追求。

老兵新传

我是跟天斗,跟地斗,跟人斗,跟自己的脑袋斗啊!
——气走了农业专家,老战自嘲地描述自己的工作

影片档案

出品:海燕电影制片厂
编剧:李 准
导演:沈 浮
主演:崔 嵬 孙永平 高 博

荣誉成就

《老兵新传》是新中国第一部35毫米彩色宽银幕立体声影片。

新技术对镜头视角、构图以及录音质量都提出了更高要求。影片使用了四条声带,完满地达到了宽银幕的要求。因此,该片于1958年8月在莫斯科国际电影节上获得高度技术成就奖。

影片史料

北大荒,旧指黑龙江省嫩江流域、黑龙江河谷和三江平原广大荒芜地区。新中国成立后,国家对北大荒进行了有组织的开发。数万名解放军官兵、知识青年和革命干部,响应党和国家的号召,怀着保卫边疆、建设边疆的豪情壮志来到北大荒。他们爬冰卧雪,排

干沼泽，开垦荒原，建立了许多国营农场和军垦农场，为国家生产了大量的粮食，把过去人迹罕至的北大荒建设成了美丽富饶的"北大仓"。

剧情故事

一

1948年东北解放初期，为了支援解放大军和已经解放城市的粮食，中国共产党决定在北大荒开办农场。老革命战士老战从部队转业到地方，听说了这个消息之后，立即带着通讯员小冬子进城去了。

进城后，老战辗转找到了财委李主任。李主任上下打量了老战一番，高兴地说："你是从哪儿来的？"老战紧握着李主任的手说："我转到地方上来了。我们在县里跟土匪干了一年多，把剩下的几小股赶到山里来了，已经正式挂起牌子办起公来了。"

老战是李主任的老部下，过去当过游击队队长和解放军营长，现在是县长。他这次来的目的就是开荒办农场。李主任告诉他："现在我们要支援解放大军的粮食，还要支援已经解放城市的粮食，将来还要供给全国各个大城市充分的粮食，所以要开荒，要办农场。"

老战听后，兴奋地说："办农场多好啊！主任，让我去吧！"李主任觉得这是个新的事业，没有基础，而且当地气候也很冷，担心老战的身体受不了。但老战表示自己身体强壮，不怕寒冷。李主任终于放下心来，对他说："好吧，你就是我们国家第一个农场的场长了。"

说干就干。第二天，老战带着小冬子和周清和向北大荒进发了。来到要开办农场的地方，大家看到一座破碉堡。老战高兴地招呼小冬子和周清和，说："到了，到了农场的办公室了。"

老战到了这里，就像到了家一样亲切。他跪下去，挖出了肥沃的黑土，捧在手里，顿时欣喜不已。小冬子也兴高采烈地望着，只有周清和愁眉苦脸。周清和看到北大荒的寒冷和荒凉，突然后悔来到这里。老战在碉堡门口挂起了牌子，农场就算正式成立了。

夜晚，北风呼啸，天寒地冻。大家把门和枪眼都堵严之后，就聚在一起研究老战画的"农场房屋建设图"。老战一边用笔画着，一边讲解着："这儿是拖拉机库、马棚，这儿是小学校、医院、办公室，这儿是宿舍和食堂……"

周清和沉默了一会儿，试探性地问老战："这地方这么荒凉，办农场合适吗？"老战坚定地说："合适！清和同志，这是我们永久的事业。我跟你说，我连坟地都看好了。"说着，老战拿出打簧表来，小冬子附耳去听。这只表打点时很好听，小冬子最爱听了。

第二天，草原上天空笼罩着阴云，寒风呼啸起来。老战和小冬子起来丈量土地。他们准备开春就下种，今年就给国家生产出粮食来。这一天正是春节，小冬子抓到一只兔子，大家就用它来改善一下伙食。

晚上吃饭时，周清和绷着脸说在碉堡后面发现很多狼脚印，还说粮食也已经吃光了，想借这个机会回县去。不料，老战说过几天他和小冬子去财委，让老王头先给送些粮食来。周清和虽然表面应承着，但心里却打起了退堂鼓。

夜里，等老战和小冬子睡熟以后，周清和收拾了自己的东西，逃跑了。北大荒的夜里，漆黑一片，只有风在呼啸，雪在飘摇。周清和出了碉堡，行走在雪夜的草原上。突然，两道寒冷的绿光盯住他，一只狼跳过来截住了他的去路。

周清和吓得魂飞魄散，转身就往回跑，一边跑一边狂叫着："有狼啊！有狼啊！"

老战和小冬子被喊声惊醒，急忙跑出来。周清和躲到老战的身后，全身都在打战。老战举起了枪，向狼的黑影瞄准，只听"砰"

的一声，狼被打死了。

回到碉堡后，小冬子气急败坏地质问周清和："来的时候不是没征求你的意见，到了这儿又要跑，你算什么人哪！"老战把枪装入枪套，心平气和地说："怎么不想想将来呢？一眼望不到边的庄稼，大队的拖拉机，还要盖房子，成家立业，多有意思！怎么能开小差呢？"周清和又羞又愧地表示愿意留在这儿。老战想了想，又把他留下了。

第二天，王老头带领几个老乡来帮农场盖房子。老战和小冬子来到县里，请求李主任派一个农学家，李主任答应了。老战又在后勤部弄了几台旧拖拉机、两百包豆子、四十匹老骡子，收获不小。小冬子听了，高兴得拍手叫好。

二

老战还找到了一批失业的司机。老战对他们说："我说你们哪，也算是工人阶级，可是整天闲着不干活，赌钱喝酒，这有什么意思！有志气的要参加革命，跟我们去开荒办农场，大有发展前途。谁愿去就报名。"大家纷纷报了名。

就这样，老战带着生产资料和大队人马，浩浩荡荡地回农场了。老战踌躇满志，对小冬子说："小日子就要过起来啦！这是我们基本的队伍，以后要注意发展组织，扩大党的力量。"小冬子赞同地说："对！"

司机朱流庆到了农场，嫌条件不好，不愿睡在墙壁漏风的地方，闹起了脾气。老战走过来，笑着对大家说："别怪他，刚来北大荒不习惯，你睡到里面去，把这个铺位留给我。大家先委屈一下，将来这个地方，电灯、马路、洋楼、澡堂子，什么都会有。"

老战的儿子云生从家乡赶来看他，向他表达了想留在这里的意愿说："爸，我想留在这儿，跟你开荒办农场。妈说我在你身边，也好侍候侍候你。"老战回答说:"留在这儿听话比什么都强。来吧!"

过了几天,新派来的副场长、农业学家赵松筠也来到农场。赵松筠是个爱国的知识分子,他兴奋地与老战聊了起来。两个人志同道合,聊得很起劲。赵松筠还把自己当医生的爱人陆仲娴介绍给老战,老战请她担任农场的卫生工作人员。

农场开始烧荒了,熊熊的烈火燃起来,火舌舔着野草一直向远处延伸,霎时间,地上到处吐着火焰,整个天空被火映得通红。肥沃的黑土上,修好的拖拉机在地上深翻着,空气里充满湿润的泥土香。

等到土地基本耕好后,老战问赵松筠今年可以种多少小麦。赵松筠愣了一下,随即说不能种,初开垦的荒地必须休耕一年。老战一听,和小冬子对望了一眼,怀疑地问:"这合乎科学?开好的地白晾一年?不行,得种!"两人争执起来。

赵松筠怏怏不乐地走了。他走后,小冬子批评老战道:"多听听没坏处,人家读过专门的书。"老战不服气地说:"书也不一定都对,有本书上说人是上帝做的,你说对么?"小冬子说:"就算咱们对,说话态度也要注意嘛。"老战忽然想明白了,笑着说:"好,咱们再找老赵谈谈。"

老战找到赵松筠,再次和他商量,可赵松筠还是不松口。他耐着性子说:"第一年办农场总是要赔钱的。我们这是国家办的农场,要做成典型将来推广。每公顷要打个三五百斤粮食,这多不光彩。"老战沉思了一下,又坚决地说:"我们来到这里,为的就是粮食,我们不能怕丢面子,种!"

播种后的草原上,麦子长出了小嫩芽。小冬子扒出来一棵,高兴极了,赶忙跑回去把这个消息告诉老战。老战把手伸出来,也捧起一棵麦苗。这时,程国亮跑过来,手里也有一棵麦苗。大家看着麦苗,心里别提多高兴了。

程国亮走后，老战对小冬子说："老程是个好同志，能关心党的事业。你跟老程学技术——开拖拉机，好不好？"小冬子虽然高兴，可又担心自己学不好。老战鼓励他说："怎么不行，能打日本鬼子，能开机关枪，还搞不了这玩意儿？"得到老战的支持后，小冬子有了信心，连蹦带跳地去学开拖拉机了。

在通往农场的路上，一排大卡车往农场开来。车上坐满了学生，他们是财委给农场分配来的农业技术学校的学生。卡车上的学生们欣喜地发现，公路两旁的麦子快要吐出穗子了，望向远处，是一望无际的耕地。

来到农场后，农场的人们热烈地欢迎这些学生。学生的到来给农场注入了一股新鲜血液。

老战心里更是高兴得不得了。学生们不知道老战是场长，有的就问："伙计，咱们有多少台拖拉机？"老战回答："破破烂烂的有6台。"又有人问："咱们的伙食怎么样？"老战答："有大白菜、辣椒、土豆，明年咱们准备种200亩青菜。"大伙儿听了开心极了。

学生队队长谢明珠问："请问同志，场长办公室在哪里？"老战回答："场长现在还没有办公室呢！"刘成光指着老战说："这就是咱们的场长！"大家望着老战，不禁产生了钦佩之情。

晚上，大家举行了联欢晚会。老战衣着整齐，笑容满面，和大家一起欣赏节目。这时，李主任来电话问麦子长得怎么样了。老战报告说，刚长出来的时候长得很好，很正常，但是现在出了些问题。李主任表示要来看一看。

等老战接完电话回到会场一看，吃了一惊：同学们正一对对地跳着交谊舞。老战大步走向会场中央，高声喊道："停一停！停一停！"接着，他向学生们讲起了道理。他说农场还有很多艰苦的工作等待着他们，不要过早地追求享乐。晚会就这样不欢而散了。

学生们认为老战不让跳舞是头脑封建，都表示不满意。段舜英还画了一张漫画，漫画上老战穿着清朝服装，讽刺他是个老封建。正在这时，老战走了进来，看到漫画，伸手拿过来，大笑道："画得很像啊！我不叫跳舞，你们不同意？"段舜英说："我们大家全都一样，都有点儿同意也有点儿不同意。"

老战笑说他们调皮，随后坐下来和他们聊起天来："我不是反对你们跳舞，将来我会带头跳。现在前方还在打仗，我们最要紧的是给部队生产粮食。"停顿了一下，老战接着说，"我把真心话告诉你们，这儿暂时不能跳舞，还不准谈恋爱，不准结婚。你们想，农场还没盖好，怎能先盖托儿所呢？"听到这里，大家都禁不住笑了。

三

一天，刘成光跑来对老战说："场长，快去看看咱们的小麦吧！"老战来到农场，看到麦苗长了穗后，突然上半截发了黄。看着坏了的麦子，大家都十分着急。有些意志不坚定者甚至打起了退堂鼓，想离开农场。

老战问赵松筠麦子坏得这么厉害，还有没有办法。赵松筠气愤地说："我看没有办法，根本就不应该种！谈起来会叫人当笑话讲。如果不种，也不会引起这么大的波动。现在这样的事情，谁该负责？"

老战终于忍耐不住了，当即表态说："我负责，没什么可怕，天塌了也有办法顶住。"小冬子在旁边拉了老战一把，但老战暴怒地甩开他的手，严厉地批评赵松筠："老赵，可怕的倒是你什么事情先想到你自己，我们的事业就搞不好！"说完转身就走了。

赵松筠委屈极了，说："多少年来想办农场，这就是我赵松筠要办的农场？"陆仲娴又在旁边说："不是我小心眼儿，要是真谈起责任来呀，哼……"陆仲娴不屑地向外瞟了一眼。赵松筠越发觉得不痛快，气哼哼地站起来说："找李主任去！把行李也带上，谈不好就不回来了！"

赵松筠不辞而别，离开了农场。车子走着，赵松筠的心里很不舒服，心不在焉地想着什么。这时，李主任的车子向农场这边开来，两辆车碰在了一起。赵松筠生气地对李主任说："麦子都坏了，我们想进城看您去。"李主任笑着说："麦子坏了不去看麦子，看我做什么？怎么，跟老战同志闹意见啦？"

于是，赵松筠讲起了事情的经过。李主任表示理解，接着又问："可是麦子坏了究竟是什么原因，你们总结出来了吗？"这时，赵松筠也有所醒悟，说："刚才我在车上想，可能是因为第一年开荒缺少当地资料，种得太晚了。"

老赵终于跟着李主任回到农场。见到李主任，老战着急地说："老赵赌气跑了，我追他去。"李主任不慌不忙地问老战："场长好当不好当？"老战苦笑着说："我是跟天斗，跟地斗，跟人斗，跟自己的脑袋斗啊！"

接着，李主任问起小麦发黄的原因。老战已经总结出经验，和赵松筠讲的如出一辙。李主任很满意，肯定了他们的成绩，也批评了老战的团结工作做得不好。老战也认识到自己的错误。接着，李主任把赵松筠叫进来。老战高兴地捶打着赵松筠的胸膛说："老赵啊，我知道就是打你，你也不会走的！"

这一年，农场的人齐心协力地干活，他们一部分人上山伐木，另一部分人冒着风寒割草。赵松筠和老战一起领导大家工作。经过极其艰苦的劳动，大家也建立起了新的革命感情。云生和段舜英在一起劳动、学习，也慢慢产生了爱情。

老战还办起了文化班和农业技术训练班，大家一致推选老战做班长。这天晚上，老战准备回宿舍时，见到程国亮蹲在门口等他。程国亮向老战吐露了自己想当中国共产党员的心愿。老战听了非常高兴，鼓励程国亮，说他一定能成为一名优秀的中国共产党员。

关于今年的播种计划，老战召开了一次生产会议。赵松筠根据目前情况，估算今年只能种8 000亩小麦。大家对这个结果不是很满意，纷纷议论起来。程国亮首先起来反对，他估算至少能种万亩。谢明珠等人支持程国亮的意见。

这时，院子里传来了锣鼓声和欢呼声。青年们拥到窗口对老战说："北平和平解放了！"听到这个好消息，人们都高兴极了。这样一来，大家的干劲更足了。小冬子根据形势的发展，估计种4万亩粮食。

赵松筠却阻止大家，让大家量力而行，不然后果严重。听到这里，段舜英发言说："我不明白，开好了6万亩荒地，为什么只种4万亩！我们是中国人，我们能种就能收！"根据群众的意见，老战做了决定，利用新旧农具联合作战，就种6万亩。

一天晚上，老战正在收听广播。小冬子扶着村里的王老头走了进来。王老头心急地说："全村所有的粮食、牲口，都被土匪抢到山里去了。全村的人都得饿死呀！老战同志，能不能帮我们把东西夺回来？"老战一听，勃然大怒，当即表示非夺回来不可。趁着夜色，老战带着二十来人飞快地驰出农场，打土匪去了。

老战走后，李主任来了电话，说农场订购的一批收割机到年底才能交货，眼前的收割只能由他们自己想办法了。赵松筠听后心急如焚。天亮了，老战他们还没有回来，大家都非常着急。赵松筠埋怨地说："帮农民打土匪也算是农场的业务吗？"

直到太阳出来，老战他们才回来。他们消灭了土匪，帮农民夺回了粮食、牲口。赵松筠把李主任来电话的事告诉了老战，老战决定让小冬子、周清和与刘成光一块到省机械学校去借马拉收割机。

小冬子等三人来到省机械学校。周清和在修理收割机方面舍不得花钱，但给赵松筠买仪器却花了好几千块。这是怎么回事？原来，他一个人去买仪器的时候，用公款偷偷给自己买了一块表。

程国亮看出其中的问题，质问周清和："买仪器怎么花了那么多？马拉收割机还修理吗？"他对周清和这样使用农场的钱非常不满。但周清和却不以为然，振振有词地说："收割机太破烂了，而且现在也没钱去修它了。"

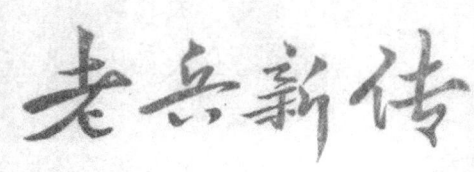

小冬子非常生气，主张把仪器退回去，先修理收割机。周清和不同意。见他如此不可理喻，小冬子径直和程国亮、刘成光一起走了。回到农场后，程国亮把周清和花了几千块钱买仪器的事告诉了老战。老战得知周清和贪污后，气愤极了，给周清和以严厉的处分。

麦子早已经黄了，但天气预报说暴风雨即将到来，并且可能持续十天。如果麦子不能在雨前收下来，麦粒都要掉在土里了。老战和赵松筠心里非常着急。赵松筠又埋怨起老战多种了粮食，心痛地说："你给革命造成了多大损失！多少吨麦子都要糟蹋了！"

老战终于心平气和地说："麦子不是还没糟蹋在地里吗？咱们都热爱这个事业，你选的麦种长成这么好的麦子，这都是胜利呀！"老战的话让赵松筠有一丝触动，他不再埋怨，可仍束手无策。

在老战的耐心说服下，赵松筠终于摆脱了悲观的情绪，和老战一起研究对策。他们决定把全场职工、家属都组织起来，边收边想办法。

王老头听说农场收割有困难，也赶来了。王老头热情地说："老战同志说过，咱们是一家子，农场的麦子是国家的，咱们不能叫它糟蹋在地里。"说完，他赶忙联络各村老乡去了。没多久，各村的老乡们都前来支援，老战真是感激极了。

男女老少一起动手，手拿镰刀割着麦子。远处，拖拉机在"轰轰"响着,马拉收割机割下了大片大片的小麦。终于,皇天不负有心人,所有的小麦收割下来,真正做到了颗粒未丢,农场获得了大丰收。

不久,农场举行了庆丰收大会和结婚典礼。有三对青年男女结了婚,在这里扎下了根。典礼完毕,谢明珠说:"告诉大家一个好消息,我们的老战场长已经接受了新的光荣任务,要去开办另一个农场了。我们这个会也就是个欢送大会,请他给我们做临别赠言吧!"

老战满怀热情地与大家握手告别。老战紧握着赵松筠的手说:"老赵,这两年我们吵了不少嘴,却也做了不少工作。"赵松筠激动地说:"我越来越明白,你的道路是宽广的!"

老战的儿子云生和段舜英也结了婚,老战欣慰极了。临走之前,老战把一个小包交给小冬子,让他等自己走了再打开看。小冬子无比难过,悄悄来到柱子后面,打开小包,发现里面是老战的打簧表。

这时,老战又走到朱流庆面前。在老战的关心和教育下,朱流庆已经成为一个勤劳刻苦的人了。他有许多话想对老战说,却不知从何说起,只得将千言万语化成一句感慨:"老战同志,你叫我说什么好呢!"

大家把老战送到大楼门口,老战望着人群,唯独找不见周清和。周清和惭愧地走出来,老战嘱咐他记住自己所受的处分,要努力,要不断进步。周清和听后连连点着头。这一次,他是彻底地悔改了。

火车启动了,老战百感交集。这时,他突然听到打簧表"咔咔"的走动声。他四处翻找,终于找到了藏在车后座的小冬子。小冬子表示不愿离开老战,老战去哪里,他就跟到哪里,哪怕条件再艰苦。老战听了非常感动,但面上却装作要批评他的样子,说道:"真是无组织无纪律……"

老战和小冬子并排坐在车上,高高地扬起头。他们知道,以后的道路会更加宽广。

影评选粹

有血有肉的英雄

《老兵新传》成功地塑造了一个敢想敢干,作风泼辣,性格鲜明的共产党员形象。主人公老战为了解决粮食问题,主动请缨去寒冷的东北开荒种粮。导演成功地塑造了一个为革命敢拼敢打的老兵形象。

为了避免人物性格平面化、单一化的问题,导演不避讳展现老战身上的缺点。比如老战与赵松筠争论时,老战粗暴地打断赵松筠的建议,并将其气走。最终,老战认识到自己的错误,向赵松筠诚恳地道歉。正是通过对老战这些"缺点"的描写,影片才成功地将老战塑造成一个有血有肉的平凡英雄。

精彩回放

导演在表现人物性格特征方面做得非常到位:通过一些细致入微的动作描写,展现出人物的性格特征。比如赵松筠被老战气走后,在李主任的劝说下又回来的那场戏。

正当老战为自己粗暴的方式而懊恼的时候,赵松筠跟着李主任回来了。老战热情地表示欢迎,激动地用拳头亲切地捶打着老赵的胸膛说:"老赵啊,我知道就是打你,你也不会走的!"

这一情节的设置成功地表现出老战豪爽直率的性格特征。

海霞

> 我们是前沿地区，要时刻警惕敌人的小股骚扰，还要准备对付帝国主义的侵略战争，所以我们首先应该把海岛建设成钢铁堡垒，把民兵工作搞好。
>
> ——海霞对准备"收枪入库"的乡长双和叔说道

影片档案

出品：北京电影制片厂
编剧：谢铁骊
导演：钱　江　陈怀皑　王好为
主演：吴海燕　蔡　明　赵　联

荣誉成就

毛泽东亲手授枪并题诗；三任国防部长题词勉励；由她们的先进事迹改编的电影曾长映不衰。这样一支荣誉的部队只是一支民兵连，并且由一群巾帼女杰组成，是闻名全国的"洞头先锋女子民兵连"——影片《海霞》中同心岛女民兵排的原型。

影片史料

新中国成立以后，台湾国民党军凭借其海上优势，不断通过派遣特务、海匪等方式对大陆沿海地区进行窜扰活动，给沿海地区军民的安全造成严重威胁，使沿海地区人民的生产和生命安全受到了严重威胁。

针对这种情况，在党和政府的领导下，沿海地区建立起自己的民兵组织。在不影响生产、生活的情况下，他们卓有成效地开展了武装训练。在与敌人斗争的过程中，他们英勇顽强地打击了敌人的嚣张气焰，为维护人民的生命安全、财产安全立下了不朽战功。

影片讲述的正是一群飒爽英姿的巾帼英雄，她们以对祖国热诚的忠心，对人民热情的爱心，谱写了一首悠扬的战斗歌曲。

剧情故事

一

同心岛是位于祖国东南沿海的一个小岛屿，过去流传着这么一首凄凉悲伤的渔歌："有活路莫来同心岛，同心岛渔民苦难熬。头顶三把杀人斧，渔霸海匪加风暴……"但是，在中国共产党的带领下，解放军迅速解放了同心岛，并且组织受苦的渔民与渔霸海匪进行了坚决的斗争，最终粉碎了敌人妄图反攻小岛的罪恶阴谋。岛上的人民终于过上了幸福安康的生活。

同心岛优秀的女民兵排长海霞亲身经历了新旧两重天。她从一个孤苦贫穷的渔家女成长为一名优秀的海岛女儿，守护这来之不易的革命果实。这天，民兵排长李海霞站在海边的岩石上持枪瞭望，警惕地注视着远方的大海。在海螺声中，不远处一队女民兵手握钢枪，英姿飒爽地严阵以待，时刻准备迎击来犯的敌人。看着不远处起伏不定的海浪拍打着岩石，海霞脑海中不禁浮现出一幅幅画面……

二十年前，乌云笼罩在同心岛的上空，波涛汹涌的海浪拍打着岸边的岩石。渔民李八十四站在岸边的沙滩上，朝在风浪中颠簸的

木盆无奈地望了一眼，重重地叹了口气。渔民刘大伯兴冲冲地来给他贺喜，见他一副垂头丧气的模样，不禁有些疑惑。突然，海涛声中传来一阵婴儿的啼哭。刘大伯回头一看，远处海浪中漂浮着一个木盆，木盆在海浪中打着旋，随时都有被吞没的危险。刘大伯奋力地扑进海中，把婴儿从浪涛中救了回来。刘大伯将小婴儿救回来的时候，天边露出一线朝霞，便为婴儿取名"海霞"。

李八十四家生活困窘，要不是因为实在没钱，也不会狠心将孩子放入大海。同心岛上，有一个叫陈占鳌的人横行霸道。渔民们迫于他的淫威，只能把千辛万苦打来的鱼送进他的渔行，换回一些钱养家糊口。

这天，过秤的地方传来一阵激烈的争吵声。听了尤二狗的汇报，陈占鳌满脸阴险地逼视着渔民们，说道："这杆秤是我祖上传下来的，我收鱼借米都是用的这杆秤。我收你们的鱼，总是把秤尾压得低低的；我借给你们米，发给你们粮，总是把秤尾抬得高高的。这样照顾你们，你们不要没有良心！"

李八十四把陈占鳌的秤交给刘大伯。刘大伯将秤猛地在膝盖上用力一磕，从秤杆中倒出一碗水银。刘大伯比画着说："陈老板收我们的鱼，这么一磕，水银上了这头，100斤就成了84斤；他卖给我们番薯丝，这么一磕，水银上了那头，84斤就成了100斤了。这一进一出，可把咱们给坑苦了。"渔民气愤至极，纷纷叫嚷着要找陈占鳌算账。

渔民们在刘大伯的带领下，一起拥向陈家大院，只见两扇黑漆大门紧闭着。渔民们怒吼着，让陈占鳌开门。大家一致同意：如果不答应"快给鱼钱""不许抬高粮价"等要求，绝不出海。陈占鳌怕耽误了鱼汛，只得答应大家的要求。大家高兴地发现，只要团结一致，连渔霸陈占鳌也得屈服。

不久，海霞的阿爸李八十四、刘大伯和双和叔又要出海了。陈占鳌得知后，勾结海匪黑风，把刘大伯和李八十四打死了。

突如其来的噩耗，对海霞的阿妈来说犹如五雷轰顶。深夜里，刘大伯家突然起火。火焰腾空而起，借着风势，迅速蔓延。乡亲们纷纷赶过来救火。可是风实在太大，火势越来越猛，还待在家中的刘大伯的妻子与儿子就这样活活被烧死了。大家心中都明白，这是陈占鳌杀人灭口、斩草除根的罪恶行径。

不久之后，陈占鳌收回了海霞他们赖以为生的船屋。海霞和阿妈被迫离开了破船屋，暂时在一个山坡上的破庙里落脚。仇恨和病魔无情地摧残着海霞的阿妈。在一个雷雨交加的夜晚，海霞的阿妈含恨而终。从此，海霞就由德顺爷爷照看，祖孙俩相依为命。

二

　　1949年秋，从大陆上败退的国民党兵登上了同心岛。这群持美式装备的国民党兵把渔岛搅得一片混乱。由于受到国民党兵的打骂，海霞躲藏到树林里。等第二天海霞回到家，之前捣乱的国民党兵已经被解放军抓住。解放军战士收拾了凌乱的房间，还主动去挑水。海霞看着他们的举动，深感诧异。通讯员悄悄告诉方指导员："小女孩吃的是苦菜。"于是方指导员带领一班战士把野菜盛在碗里吃了起来，将一锅野菜转眼之间就捞完了。当海霞端着碗去盛野菜的时候，锅里已经空了。这时，方指导员端着一碗白花花的米饭递给海霞，说："小妹妹，你们的苦也就是我们的苦，我们就是为了不让你们再受这样的苦，才来这里的。快吃吧！"海霞接过这碗香喷喷的大米饭，泪水不禁夺眶而出。

　　不久，攻打观潮山的战斗打响了。海霞挑起扁担给方指导员和战士们送开水，子弹在她头顶上呼啸而过，炮弹在后面土岗上"轰隆隆"地爆炸，可是海霞一点儿都不畏惧。方指导员发现了海霞，急忙跑下阵地拦住她，并派通讯员把海霞护送回村。没多久，观潮山战斗胜利结束。解放军押解着一队队国民党俘虏走过来。海霞看到两个战士抬着方指导员走过，急忙追了上去，只见方指导员伤势很重，脸色苍白。海霞跟着担架走了几步，心里十分难过。

　　双和叔被派回来当乡长，领导大家进行反霸斗争。陈占鳌家的大院子里，挤满了受尽剥削压迫的渔民们。海霞勇敢地站到台阶上，声泪俱下地控诉道："陈占鳌！出海的第二天，你勾结海匪黑风打死了我阿爸和刘大伯。没过几天，你还放火烧了刘大伯家，活活烧死了刘大妈和石头哥哥！"说到伤心处，海霞泣不成声。德顺爷爷走上前来搂住海霞，接着控诉道："陈占鳌！我们同心岛的渔民，哪一家没被你坑害过，你欠我们多少血债！"旺发冲到陈占鳌面前，厉声质问："陈占鳌，你说，你勾结海匪黑风，害死了多少人？"

群众义愤填膺，齐声怒吼："你说，你说！害死多少人？"

陈占鳌却百般抵赖，说自己没有勾结黑风。陈家的老长工猛地从人群中站起来揭发道："没有？大伙儿前脚出海，你后脚就让陈三拿着你的亲笔信去找黑风，是你让我划船送陈三到大屿岛的！"最终，尤二狗揭发了陈占鳌埋藏的浮财和枪支，并借此骗取了双和叔的信任。

在东沙岛驻军医院的外科病房里，方指导员亲切地对海霞说："你冒着生命危险往火线上送水，战士们都在夸你呢！"旁边一个病床上的战士说："小妹妹，你那天那么勇敢地往火线上送水，给我们的鼓舞有多大呀！"方指导员语重心长地继续说："海霞，咱们都是为了一个共同的目标，就是消灭陈占鳌、蒋介石和一切反动派，使千千万万受苦的人得到解放。这千千万万人当中有我们，也有你，懂吗？"海霞睁大了眼睛望着方指导员，郑重地点点头。这时，传来"没有共产党就没有新中国"的歌声，方指导员和伤员们一起朝着海霞唱了起来："共产党，辛劳为民族，共产党他一心救中国，他指引了人民解放的道路，他领导中国走向光明……没有共产党就没有新中国……"

同心岛女民兵排成立大会上，海霞从方书记手中郑重地接过钢枪，威武地斜握在胸前，然后迈着坚定的步伐回到队列。玉秀也非常渴望成为一名光荣的民兵，可是她妈妈不同意。一直要求进步的阿洪嫂也想当民兵，为了参加民兵排成立大会，都没来得及为自己的丈夫阿洪做饭。没饭吃的阿洪生气地跑到渔船上向渔民旺发抱怨："我不能受女人的气！"

海霞正好走进来，义正词严地表示阿洪的这种想法是错误的。阿洪冷笑道："又来一个！现在妇女解放了，咱们惹不起还躲不起啊！"说完扭身不理海霞。海霞气得大声问他："你上山开过几分荒地？你下地送过几趟肥？两个孩子哪个是你照顾的？洗衣、打柴、烧饭、喂猪,你做过几样?"面对海霞连珠炮似的发问,阿洪只是嘟囔着"我出海了"。海霞继续说:"你别拿出海吓唬人!嫂嫂站岗放哨,又学文化又忙生产,公事干得好,家务事也没耽搁!"听着海霞有理有据的话,阿洪无言以对,最终被海霞连推带搡地送回了家。

玉秀家门口,尤二狗对大成婶说:"孩子大了,可得管紧点啊!你没听人家都在说,那么大姑娘家整天在外头野,不定会出什么事呢!"玉秀央求海霞劝说自己的妈妈让自己参加女民兵排。可是当海霞一走进玉秀家,大成婶就开始数落海霞:"玉秀越来越野得不像话,看见你们背了枪,连茶也不想采了。"并指责海霞说:"那么大的姑娘家整天东走西窜,让人家戳脊梁!"听了大成婶的话,海霞委屈地离开了大成婶家。

一时的失败并没有让海霞退缩。经过深思熟虑,她决定再找大成婶说说。可大成婶铁了心,就是不松口。海霞没有放弃,她向大成婶提起一段往事:有一年的大年三十,大成叔为了躲债藏到破船里,全身都冻僵了。大成叔他们那条渔船让国民党的炮艇打沉了。刚刚开始新生活的大成叔就这样葬身大海。海霞的话深深地触动了大成婶。没多久,玉秀就高兴地告诉海霞,她阿妈已经答应她参加民兵了。

紧张的军事训练使平时有点娇气的彩珠坚持不下去了。她擅自离开队伍,跑到树荫下乘凉。晚上,女民兵们在学习会前议论着彩珠的事,纷纷指责彩珠无组织、无纪律。海霞开导彩珠说:"过去,枪把子攥在陈占鳌他们手里;今天,毛主席把枪交给我们,这是多么大的信任呀!彩珠,咱们是革命战士,可得严格要求自己呀!"在海霞的帮助下,学习会刚开始,彩珠就抢着发言并诚恳地进行自我批评。海霞和姐妹们为她的进步高兴得鼓起掌来。

不久,区里组织了一场男女民兵射击比赛。男民兵首先上阵,第一个射击的是阿洪，他轻松自如地连发三枪，命中28环。阿洪笑着朝女民兵那边望去，显出得意的样子。阿洪嫂高兴地注视着阿洪，既为自己的丈夫感到骄傲，也暗下决心要打出更好的成绩。该女民兵射击了，第一个射击的女民兵是阿洪嫂。她麻利地下蹲、举枪、瞄准，很快就打完了三枪，三发三中，一共29环。阿洪一听比他刚才的成绩还多出一环，大为震惊。女民兵们以热烈的掌声欢迎阿洪嫂回到队列里来。

　　双和叔、海霞带领女民兵和同心岛的乡亲们站在岸边，满怀深情地向出海的渔船挥手送别。这时，一个陌生的断腿人从渡船上下来，毕恭毕敬地给双和叔递上一封介绍信。信上说这个断腿的人叫刘阿太，来同心岛寻访35年前失散的妹妹。双和叔感觉信中说的妹妹是大成婶。刘阿太激动地说要去认一下。海霞警觉地提出自己带他去找大成婶。海霞带刘阿太走进大成婶家，问正在干活的大成婶是否认识他。大成婶疑惑地看着刘阿太，一时没有想起是谁。但是，她听到刘阿太叫出她的小名"阿茶"时，禁不住激动万分，热泪滚滚。她擦了擦眼泪，从海霞手里接过刘阿太的包裹。海霞见他们已经相认，便转身走了。

　　海霞回到乡政府，建议双和叔写信调查一下刘阿太的底细，但双和叔不以为然。

　　海霞想让双和叔安排民兵训练的时间，双和叔回答说生产太忙，以后再说。海霞不满地说："你总是今天推明天，明天推后天。生产要搞，武也要练嘛！"双和叔把海霞领到地图前比画着说："要有点儿战略眼光。同心岛的地理位置优越，敌人不敢动我们。咱们的主要任务就是搞好生产，把同心岛变成鱼米之乡，建成海上花园。"海霞诚恳地说："我不是反对把生产搞好，可我们是前沿地区，要时刻警惕敌人的小股骚扰，还要准备对付帝国主义的侵略战争，所以我们首先应该把海岛建设成钢铁堡垒，把民兵工作搞好。"双和叔感到很无奈，只好让海霞自己安排训练时间。

　　半夜时分，海霞吹起紧急集合的螺号。海霞下达完演习命令，女民兵们立即分头行动。阿洪嫂走在队伍的最前面，忽然一脚踩翻石板，跌到山崖下了。海霞急忙让玉秀找德顺爷爷，驾船送阿洪嫂去东沙医院。第二天早晨，阿洪嫂摔下山崖的事就在岛上传开了。

　　办公室里，双和叔打电话向上级汇报："她们不听我的意见，要搞什么夜间集合，所以才造成这次严重的事故。这次事故我有责任，主要是对她们教育不够，要求不严！"海霞对双和叔说："我不同意这种说法！紧急集合没有错，怎么能和这次事故连在一起呢？夜间集合以后还是要搞的。发生事故的原因我们要分析，你不能这样向区里汇报情况！"双和叔一听，更加生气地说："怎么？我连向区里汇报情况的权力都没有啦？过去我对你太迁就了，这次要是不严格处理，你以后还不知道要闹出什么乱子来呢！我看你这个排长就别当了！"海霞看着双和叔，努力压制住自己内心的愤怒。

　　大家告诉海霞：有人说以后不许女民兵站岗放哨了，还说要解散女民兵排。海霞发现是尤二狗和他的老婆东游西窜，危言耸听。海霞想了想说："看来是有人想搞垮民兵排。咱们一定要顶住，在这场风浪中，我们要经得住考验哪！"海霞让女民兵们再进一步摸摸情况，大家表示同意。

　　第二天，观潮山上，德顺爷爷陪着方书记察看出事地点。德顺爷爷告诉方书记："我们渔民的脚趾像扇子一样是分开的，可刘阿太的脚指头是并在一起的。还有，他来的当天晚上就给尤二狗理了发。"方书记边听边思考着。这时，海霞急切地跑过来告诉方书记，石板底下的石头像是被人抽掉了。方书记肯定地说："这不是偶然事故，而是有意破坏。"

　　乡政府办公室里，正在开支委会。方书记提起当年双和回同心岛时，县委书记跟双和谈过一次话，还送给双和一些东西，让双和给大家说说，把东西拿出来让大家看看。双和叔拿出几本毛泽东主席的著作和一支驳壳枪。方书记接过枪一看，枪上生满了锈，怎么用力也拉不开枪栓。他痛心地说：“双和同志，敌人正在磨刀霍霍，你却刀枪入库。你看枪都锈成什么样了？危险哪，同志！”双和叔急忙检讨："我忙昏了头，待会儿我就把它擦出来。"德顺爷爷语重心长地说："枪上的锈好擦，思想上的锈就不那么容易擦了！"方书记拿起毛泽东主席的著作，指着一处让海霞念给大家听。双和听后，为自己放松警惕而深深自责。这时，陈小元走进来说道："双和叔，收购站催着收香蕉呢！"双和叔为难地回答，过两天再说。海霞面带微笑，诚恳地说道："这次收香蕉的任务就交给女民兵吧！我们突击三天，一定完成它！"

方书记兴奋地向大家宣布："经过区委会讨论批准，咱们同心乡要扩大民兵组织，号召适龄男女青年积极参加。出海的男民兵编为第一连，连长由陈阿洪同志担任。原女民兵排和留在岛上的部分男民兵编为第二连，连长由李海霞同志担任。"大家听完这个好消息，兴高采烈地鼓起掌来。

民兵连成立大会就要召开，旺发的孙子继武要参加民兵连，旺发非常生气地训斥继武说："不站岗，不放哨，拿着枪摆样子！"海霞听说后，对旺发进行了一番耐心的开导。旺发听了海霞的话，感动地说："海霞，听你这么一说，我全明白了。继武，给！"旺发把枪庄重地交给孙子继武。海霞语重心长地说："继武，我们接的不仅是一杆枪，更要接过爷爷的心呐！"旺发把继武手里的鱼叉拿了过来。海霞笑着说："旺发爷爷，您在花名册是个民兵，不在花名册也是个民兵啊！"旺发大笑着回答："哎，你算说对啦！"

三

区委办公室，方书记接到报告，在松林一带收到一个奇怪的电台呼号和密码电波,这和海霞反映的刘阿太的情况是符合的。海霞翻看记录本后说:"这一天刘阿太到过东沙岛,他说来买剃刀。据我一路观察,他的断腿有半截像是假的,发报机可能藏在那里。"方书记立即命令海霞保护大成婶,并对刘阿太进行严密监视。

这一天,刘阿太提着一个空酒瓶走进小卖部换酒。就在两人交换酒瓶的时候,刘阿太用力按住空酒瓶的瓶盖,对尤二狗使了个眼色后,就匆匆离开了。尤二狗急忙拿着空酒瓶走进屋去。这时海霞突然掀开门帘,一把将桌上的空酒瓶夺到手里。尤二狗见海霞识破了他们的诡计,便从货架上抄起一把砍刀,欲做最后挣扎。海霞面对砍刀十分镇定,勇敢地与尤二狗徒手搏斗,终于夺下砍刀。海霞把尤二狗押到民兵队部。方书记打开刘阿太的那个空酒瓶,从瓶盖里取出一张小纸条:"情况万分危急,必须立即行动。今夜十一时,按原计划行事,勿误!"

通过审讯,尤二狗交代,刘阿太就是海匪黑风,那条断腿是当年接陈占鳌的时候被打断的。他们的行动计划是偷袭同心岛,让尤二狗放火烧渔业仓库,趁大伙儿救火的当口儿,陈占鳌就乘机上岛袭击乡政府,把乡里干部抓走。双和叔气愤地问他还干了什么坏事。尤二狗坦白,黑风让他把石板底下的石头抽空了,打算摔死海霞,搞垮民兵。

当天晚上,玉秀家屋里发出一阵"嘀嘀嘀"的声响,原来是刘阿太正在黑暗中紧张地发电报。他要通知陈占鳌,今晚见岛上起火后马上行动。发完电报后,他骗大成婶说大成叔还活着,还当了官。他继续以团圆为由进行诱惑,要求大成婶找艘船好去接大成叔。面对这些花言巧语,大成婶大义凛然地说道:"大成要是当了国民党土匪,我就让玉秀打死他。"

见诱惑不成,刘阿太就准备采用武力威胁,但是被勇敢的大成婶夺下双拐,推出门外。这时,等候在门外的女民兵们立即将他逮捕。

得到信息的方书记将计就计，安排人在渔业仓库附近燃起火堆，引敌人出动。果然，陈占鳌看到信号就按计划带着一帮匪徒乘橡皮舟向同心岛划来。他要在今晚实施疯狂的报复，却不知道岛上的军民已经等候他多时。

看到橡皮舟靠岸，方书记立即下令开打。一下子，枪炮声震天。敌人突遭打击，一片慌乱。陈占鳌见势不妙，带着几个匪兵逃进山洞负隅顽抗。海霞向陈占鳌喊话，洞里没有回答，却射出一梭子子弹。阿洪嫂急中生智，向洞里扔进一颗手榴弹，洞里顿时硝烟弥漫。海霞敏捷地冲进洞内，举枪射击，将顽固不化的敌特分子陈占鳌击毙。天亮了，同心岛军民们热烈地庆祝这来之不易的胜利。

浪花拍打岩石的声音，将海霞从沉思中唤醒。又是一个朝霞灿烂的早晨，太阳从海平面上冉冉升起。同心岛的女民兵们在海滩、礁石间威风凛凛地巡逻。海霞手持钢枪，如雕塑一般屹立在哨位上，用锐利的眼睛注视着远处的海面。看着风平浪静的大海，她暗暗想着：虽然陈占鳌被消灭了，但是我们绝对不能放松警惕。还有国民党，还有帝国主义。只要这些反动派存在一天，就要时刻提高警惕，以保卫同心岛来之不易的胜利果实。

影评选粹

真实表现·温情冲突

《海霞》反映了渔岛上一群普通的渔家姑娘劳武结合，保卫自己家乡的故事。在艺术表现形式上，以海霞的自述贯穿首尾，以她的生活经历作为影片主线，同时描绘了其他几个女民兵的不同性格特点和成长道路。

影片以散文化的结构、抒情的音乐，以及建立非原则的温情冲突基础上的故事情节，赢得了观众的好评。该片融故事、人物与大

海风情于一体,摄影风格清新、质朴、细腻、抒情。片中插曲优美动听,起到了推进情感、渲染气氛的作用,为影片增色不少。

精彩回放

电影中攻打观潮山的战斗场面非常感人,既表现了小海霞的英勇顽强,又描绘出一幅"军民鱼水情"的团结画面。

攻打观潮山的战斗打响了。海霞挑起扁担给方指导员和战士们送开水。子弹在她头顶上呼啸而过,炮弹在后面土岗上轰隆隆地爆炸,可是海霞一点儿都不畏惧。方指导员发现了海霞,急忙跑下阵地拦住她,并派通讯员把海霞护送回村。

硝烟弥漫、炮火连天的战争画面里,突然出现了一个手无寸铁、肩挑两桶水的柔弱小姑娘。导演正是通过战场的血腥与平民小女孩海霞的善良的对比,给观众勾勒出一幅清晰、鲜明的画面:国民党残匪的残酷无情,普通民众的无辜善良。两相对比,孰是孰非,观众一目了然。

冰山上的来客

情节的曲折惊险，出乎意料，但又在情理之中。

——报刊对影片在艺术上的一致评价

影片档案

出品：长春电影制片厂
编剧：白　辛
导演：赵心水
主演：梁　音　阿木都力力提　阿依夏木

荣誉成就

《冰山上的来客》荣获长春电影制片厂1963年"小百花奖"优秀演员奖及1964年"小百花奖"最佳导演奖。它是一部将革命英雄主义与浪漫主义完美结合的影片，上映后反响热烈，受到电影界和观众的一致好评和喜爱，创造了中国电影史上的一个神话，为丰富和发展惊险样式影片的创作提供了新的经验。

影片史料

新疆和平解放后，乌斯满·斯拉木和贾尼木汗等匪首，在美英帝国主义的支持下，策划新疆"独立"，并纠集匪徒6 000余人，裹挟哈萨克族群众4.5万余人，在新疆地区发动大规模暴乱。

1950年3月，中央军委指示西北军区，坚决消灭乌斯满匪徒。新疆军区成立以王震为总指挥、赛福鼎为副指挥的剿匪指挥部，在北疆成立以罗元发任总指挥的北疆剿匪前线指挥部，抽调第二军、第五军、第六

军各一部分，与公安部队、地方武装共计 1.5 万余人，从 4 月到 7 月实施剿匪作战，歼灭乌斯满匪部主力，解救哈萨克族群众 8.6 万余人，取得剿匪作战的初步胜利。

从 1951 年 9 月到 1952 年 9 月，新疆剿匪部队还在奇台、迪化、木垒、孚远地区追歼谢尔德曼、哈通拜克、季奎等几股土匪。至此，新疆清剿大股土匪工作基本结束，共歼匪特 4.8 万余人，解救群众约 11 万人。

剧情故事

一

1951 年，在中国共产党的领导下，中国进入了一个新的时代，全国上下都充盈着欣欣向荣的和谐气氛。国民党虽然大势已去，但仍有一股残余的顽固势力潜伏在黑暗的角落里，妄想复辟。他们合谋叛乱，秘密陷害，伺机残害百姓，破坏军民关系，谋杀共产党人。此时，中国很多地方的人民仍遭受着威胁与迫害，身处于恐惧之中。

在新疆，有一座晶莹耀目的冰山，它叫明特尔冰峰。巍峨的冰山下，是荒凉无垠的戈壁沙漠。那里生活着质朴善良的塔吉克族人民。在手鼓和热瓦普的乐声下，他们快乐地跳着塔吉克族优美的舞蹈。

那里有一个叫叶城的小地方。在礼拜寺的门口，一个年轻美丽的小姑娘每天都唱着她心爱的歌曲："花儿为什么这样红……红得好像燃烧的火，它象征着纯洁的友谊和爱情……"她叫古兰丹姆，是典型的塔吉克族美人。她尖尖的下巴上，有一颗美人痣。八年前，塔吉克族匪首江罕达尔领着一群匪徒，扫荡了村庄。在这次劫难中，古兰丹姆的父母也倒在了匪徒的枪口下而她是唯一的幸存者。孤苦伶仃的古兰丹姆在叔叔的救助下，活了下来。

古兰丹姆有一个最亲密的朋友,他叫阿米尔。他们整天在一起欢快地玩耍、唱歌。但好景不长,古兰丹姆的叔叔就无力抚养古兰丹姆了,将她卖给了别人。青梅竹马的二人,被迫分离。

一晃,八年过去了。

一个晴朗的夏日早晨,蓝蓝的天空飘浮着几朵白云,巍峨的冰山在阳光的辉映下绚丽夺目。戈壁滩也呈现出一片生机勃勃的景象。

在一条清澈见底的小溪边,一匹枣红马悠闲地吃着草。马的主人——一个年轻的解放军战士,正蹲在溪水边,用手捧水浇自己心爱的玫瑰花。

这位年轻的战士就是阿米尔,现在他已是一名塔吉克族解放军战士。这次,他是被指挥部派到萨里尔山口驻地去报告的。

这时,伴随着迎亲的歌舞声,走来一队迎亲的人们。阿米尔礼貌地向领头的老汉招呼道:"啊!怪不得今儿个天气这么好,原来是个吉庆的日子。大叔,到哪儿去啊?"

领头的尼牙孜老汉回答了目的地之后,阿米尔高兴地说:"哦,原来是邻居呀!"然后,阿米尔上了马,和老汉行完塔吉克族的礼后,便来到新郎新娘的身旁,握着新郎的手说道:"你们好!祝贺你们,愿你们像明特尔的冰峰一样白头到老。"

新郎弯腰致谢,自我介绍道:"谢谢!我叫纳乌茹兹。"然后他指指身后的新娘,"她叫古兰丹姆。"这时,新娘轻轻地撩起面巾,露出了一双深邃的眼睛,嘴角下还有一颗美人痣,极为引人注意。

阿米尔惊讶地自语了一声:"古兰丹姆?"阿米尔不禁想起童年时的伙伴。

阿米尔急忙回到尼牙孜老汉的身旁,向他探问道:"大叔,新娘是什么地方人?"

"远啦!是叶城的。"

阿米尔听说是叶城,更加确定了心中的猜测。他急切地问道:"她怎么到这边来的？"

尼牙孜叹了一口气说："说起来话长哩！她是从国民党残匪的枪弹下面逃生的。"说话间，老汉已到了家门口，就没再说下去。

在一个山岗上，有一个石头砌成的院墙，墙的四角各有一个碉堡。院里的营房也是用石头砌的，下半部围墙用石灰刷得雪白，配上明亮的玻璃窗子，显得格外整齐干净。

在一班长的带领下，阿米尔来到营房内，见到了排长杨光海，把一封信交给了杨排长。杨排长打开信，原来是一份敌情指示，信中说：流窜在萨里尔山区的国民党残匪最近企图合谋叛乱，在排驻地附近很可能有潜伏的匪特。

这天晚上，尼牙孜老汉家里挤满了人。牧民们载歌载舞，庆贺纳乌茹兹的喜事。杨排长带着战士它什迈提和阿米尔来了。他们向尼牙孜大叔表示了由衷的祝贺。随即，杨排长便向大家介绍新来的塔吉克族战士阿米尔。新娘听到杨排长的介绍，悄悄撩起面巾，看向阿米尔，好像要把他的心看穿似的。

阿米尔一边跳着舞，一边不转眼地望着新娘，心里不停地问着自己："真是她吗，真是她吗？"他不觉陷入回忆中……

忽然，新娘来到他的身边。阿米尔发觉了身旁的新娘，有礼貌地把手放在胸前，默默无言地向她施礼。新娘竟坐了下来，试探地说道："我好像在哪儿见过你！家乡？"

阿米尔随即应道："叶城！"

新娘急忙问道："你认识不认识一个被她叔叔卖掉，给人当奴仆的古兰丹姆？"

阿米尔惊喜地喊道："古兰丹姆，你仔细看一看，我是阿米尔！"

新娘忽然像着了魔似的，一会儿狂笑，一会儿痛哭着说道："阿米尔！啊，世界上哪有这样巧的事呀？这真是真主的安排吗？"新娘说着，身子晃了几晃，好像昏了过去，跌在阿米尔的怀里。阿米尔急忙抱住她,连连呼喊着她的名字。

这时,新郎和客人们从屋里出来了。新郎跑过来一看,瞪着阿米尔,狠狠地说了一声:"你!"就从他怀里把新娘抱了过去。尼牙孜老汉和牧民们看到这情景,都疑惑不解。排长挠着头皮思考着。

阿米尔痛苦地说:"排长,我……"

排长苦笑着说:"这么个日子,出了这么一回事,这多么不吉利呀!回去谈吧!弄不好就会影响军民关系……"

金沙川背靠冰山银峰,面对塔哈尔的小戈壁。古老残破的礼拜寺是这里唯一的建筑物。侦查员卡拉一到这儿,便发现有一伙自称"旅行家"的人住在礼拜寺里,其中有一个披着黑纱的姑娘,常常倚在门前,神态十分忧伤。这一切不免引起了卡拉的注意。

卡拉不明白这个姑娘为什么和一些来历不明的人混在一起,不明白为什么她终日愁眉不展,便用歌声去试探她。

这时,寺里走出来一个老汉,关心地对姑娘说道:"姑娘,天晚了,你该休息啦!"把她劝了进去。她经过内屋的门时,听到了潜伏在山里的国民党残匪头子热力普和狗腿子江罕达尔的谈话。江罕达尔正在向热力普报告:"'地下明珠'来电,她已经稳妥地进入潜伏点,待机侦察'熊窝',在巴罗提节以前把'熊窝'图送到。"

热力普忽然发现门外有人,急忙走过来,见是那个姑娘,就冷冷地说道:"哦,古兰丹姆,是你!你站在这儿干什么?现在你的眼睛和耳朵已经成了多余的东西了。"

原来,这姑娘才是八年前被卖掉的古兰丹姆,她一直在给热力普做奴仆。这时,江罕达尔怒气冲冲地赶了过来,想要杀死她,却被阿曼巴依制止住了。热力普也没敢说什么。江罕达尔只好罢手,嘴里还嘟囔着:"留下她是个祸根!唉,看来我江罕达尔还不如一个才来半年的老奴仆。"

热力普说:"哎!江罕达尔,你不知道,阿曼巴依……"

二

三天后的一个早晨,阿米尔和杨排长走出营房,正巧在门口遇见新娘古兰丹姆正在给炊事班送羊奶。阿米尔因为怕影响军民关系,便装作没有看见她,一直往前走。可是,新娘把羊奶交给解放军的炊事员以后,就朝杨排长和阿米尔的方向走去。

杨排长发现新娘古兰丹姆是有意要缠住阿米尔,为了维护军民关系,便让阿米尔与她做个了结。于是,阿米尔来到新娘的面前,说道:"古兰丹姆,过去的事情就让它过去吧。纳乌茹兹很爱你,你们俩会很幸福的。"谁知,新娘却说:"我更爱你,你是我世上唯一的亲人,你说怎么办我就怎么办,是离婚,还是逃走?"于是,他俩争吵了起来。

然而,这时纳乌茹兹正躲在岩石后看着这一切。他狠狠捶着岩石骂道:"该死的东西!"

当天晚上,新娘回家后与纳乌茹兹大吵了一架,然后又来到驻地要求见杨排长。杨排长很热情地把新娘请进了屋。新娘还未坐定,就说:"杨排长,我要和纳乌茹兹离婚,他打了我。"

杨排长一怔,问:"为什么?"

新娘古兰丹姆委屈地说:"因为我喜欢阿米尔。杨排长,你是这儿的大干部,你得说话!"

杨排长机警地说:"哈哈,我是什么大干部啊!"

正在这时,纳乌茹兹挥舞着鞭子过来了,见了阿米尔就破口大骂:"解放军没有像你这样勾引人家老婆的,赶快把她给我交出来,不然我的鞭子不认人!"杨排长得知这个情况后,便把新娘送了出去。火冒三丈的纳乌茹兹见了新娘,一把揪住她的衣领,举鞭要打,却被这时赶到的尼牙孜老汉及时制止了。

尼牙孜老汉夺过鞭子就要教训纳乌茹兹。杨排长忙上来劝解,拉过尼牙孜老汉的手说道:"大叔,你放心,我也绝不会偏袒我们的战士。大叔，可不能让喜悦和烦恼搞昏了我们的头脑，这儿可是萨里尔的山口啊！明天到我这儿做客。"尼牙孜老汉会意地走了。

这时，忽然传来几声枪响。杨排长给哨所挂电话询问才得知，原来是二号岗哨刚才打死一名向山里送地图的特务，地图上画的是驻地的位置。杨排长立即叫来排里出名的"诸葛亮"——一班长。经过一番商讨，杨排长与一班长想出了一条妙计。

第二天，杨排长带着阿米尔到山上去放羊。杨排长发现在另一边山坡上，新娘正东张西望地独自走着。杨排长要求阿米尔唱首歌。阿米尔放开喉咙唱起幼年时代最熟悉的那首《花儿为什么这样红》。

杨排长注视着新娘的方向，只见新娘好像没有听到歌声似的，径直向冰峰走去。杨排长用手帕试了试风向，风是朝山上吹的。新娘不会听不到歌声，怎么会没有一点反应呢？他明白了：顺风不顺耳，她不熟悉这首歌，她不是阿米尔青梅竹马的古兰丹姆。

随后，杨排长向阿米尔询问道："我想问你个问题：你和古兰丹姆分别八九年了，你是爱小时候的古兰丹姆呢，还是爱现在的大古兰丹姆？还是大的小的都爱？"

阿米尔毫不犹豫地说："我喜欢小时候的古兰丹姆。"

"为什么？"杨排长故意不解地问道。

"她变了，比小时候爱哭了。她和别人哭得不一样，好像眼睛后边还有一双眼睛。"

杨排长逗笑着说："嘿，真复杂呀！可惜我没有谈过恋爱，不明白这里面的奥妙。"其实，这时杨排长心里更明白了。从阿米尔的这些话里，至少可以推测出这个新娘不是阿米尔认识的那个古兰丹姆。

在金沙川礼拜寺的殿堂内，残匪头目热力普收到"地下明珠"的电报，得知送"熊窝图"的人被解放军打死，重要"熊窝"尚未侦察到，便急忙找来江罕达尔商量诡计。

原来这"地下明珠"就是那新娘,也就是江罕达尔的老婆古里巴尔,冒名混到山口去窃取解放军情报。她急着要窥探到解放军的岗哨,好给残匪指引潜入的道路。她借着找阿米尔的由头,满处乱跑,却被机警的岗哨人员一一挡了回去。

但狡猾的女特务古里巴尔并不甘心。一天,她从纳乌茹兹口中得知晚上冰峰会有暴风雪,并得知冰峰上边有个岗哨。

很快,热力普接到女特务古里巴尔的电报,便命令江罕达尔:"冰峰上夏天有暴风雪是难得的好机会,你立刻利用这机会混出山口,集合我们的信徒。等真神来到,我们就里外夹攻,还可以救出你那'地下明珠'!"

冰峰上的一号岗哨,因为事先没有得到天气变化的通知,一班长和阿米尔虽然穿了棉大衣,也难以抵挡这突然来到的暴风雪。一班长只好一面照顾新战士取暖,一面加紧警戒。此时,残匪江罕达尔正冒着风雪爬上了冰峰,妄想趁着恶劣的天气,混过解放军的岗哨,潜入山口。

在狂风怒雪中,一班长发现了晃动的人影,急忙推上子弹,喊道:"站住!"阿米尔因为没有经验,打亮手电照了起来。一班长急忙命令道:"闭灯!"并用自己的身体掩护着阿米尔。江罕达尔一见手电光,就朝着光源开了枪。一班长右手中了一枪,便用左手拿起手榴弹,用牙咬断导火线,向敌人扔过去。

手榴弹爆炸了,江罕达尔和他带领的匪特,一个不剩地全部被歼灭。敌人的这次偷袭阴谋也随之被粉碎了。尼牙孜老汉带着杨排长和战士们来到一号岗哨时,发现一班长和阿米尔依然坚守在洞口,浑身都已冻僵了。最终,一班长壮烈牺牲了。杨排长和战士们都很悲痛,发誓一定要将残匪势力彻底消灭。

几天后的一个早晨,阿曼巴依和一位蒙面纱的姑娘出现在萨里尔山口。三号岗哨上的战士们发现后,把他们截住了。三班长得知蒙面纱的姑娘也叫古兰丹姆时，就大大咧咧地说："哈哈！又出来一个古兰丹姆。哼，跟我走吧！"说完，便把他们向驻地押去。

碰巧，这时假古兰丹姆正从坟地走来。三班长走到假古兰丹姆跟前，心想：真巧啊，两个古兰丹姆碰上了，倒要试一试她们。没想到，真、假古兰丹姆一见面便争吵起来。三班长见问不出所以然来，便把她们交给了杨排长。杨排长估计新来的古兰丹姆是真古兰丹姆。为了慎重处理面前的情况，他决定调开假古兰丹姆。

假古兰丹姆离开后，真古兰丹姆把卡拉交给她的热瓦普琴递给了杨排长。虽然这琴是卡拉的，但杨排长还是很慎重，他说："热瓦普能证明什么呢？对不起，暂时委屈你们一下。阿拉木苏，把她们俩押起来。"

然后，杨排长又重拿起热瓦普琴来，见琴弦已经断了，耳边立刻响起了卡拉在进山之前说过的话："琴弦断不了，除非我遭到不幸！"他的心里产生了焦虑：难道卡拉牺牲了？他怎么让这个古兰丹姆带回琴来呢？带着这样的疑问，他对真古兰丹姆进行了单独询问。

随后，杨排长又让阿米尔唱《花儿为什么这样红》，并叫它什迈提弹琴伴奏。阿米尔唱了起来："花儿为什么这样红……红得好像燃烧的火，它象征着纯洁的友谊和爱情……"杨排长趁着阿米尔唱歌的机会，暗暗观察着屋子里的这个古兰丹姆，看她听了歌声有什么反应，这样就可以证实她是不是阿米尔的儿时伙伴了。

歌声传进屋子，引起了古兰丹姆的注意。她不觉也唱了起来："花儿为什么这样鲜……鲜得使人不忍离去，它是用了青春的血液来浇灌……"阿米尔听到屋里的歌声，感到十分惊异，心想：是哪儿来了个也会唱这首歌的妇女？他站起身来，一面唱着，一面愣愣地朝屋里望着。

这时，窗子打开了，古兰丹姆看到院子里唱歌的战士，正是和自己在八年前分离的好朋友。她抑制不住心头的惊喜，激动地喊道："阿米尔！"阿米尔也很意外，高兴地喊着"古兰丹姆"迎了上去。眼前这久别重逢的画面，解开了杨排长心里的疑问。

很快，杨排长从琴柱中发现了卡拉预先准备好的情报。卡拉汇报说阿曼巴依很可能是残匪所称的"真神"，还把阿曼巴依的来历做了汇报。杨排长看了情报后，默默自语："哦！是'真神'降临人世了！这么说，敌人是不想要假古兰丹姆了。"

果然，第二天清早，战士们在坟地附近发现了假古兰丹姆的尸首。

三

为了将残匪引诱出来，一网打尽，杨排长按指挥部的指示，与尼牙孜老汉商量好，让阿曼巴依和古兰丹姆来认干亲。阿曼巴依为了潜伏下来伺机作乱，同意认干亲，于是带着古兰丹姆，跟着阿米尔来找尼牙孜。尼牙孜老汉见自己有儿有女了，非常激动。之后，他问阿曼巴依："阿曼巴依大哥，你看咱们什么时候给孩子办喜事呢？这个事办得又要快，又要像个样子！"

阿曼巴依想了想，说："再过五天就是巴罗提节了，我看咱们连过节带办喜事，热热闹闹地来一场。"

杨排长想到阿曼巴依选择巴罗提节办喜事一定有阴谋，正好可以把残匪引出来一举歼灭，便同意说："好！巴罗提节，是个好日子！"

巴罗提节到了，阿曼巴依让暗藏的武装匪徒扮成牧民模样，聚集在尼牙孜老汉家的门前。杨排长下了马，走到尼牙孜老汉的跟前，向他道贺。尼牙孜老汉趁握手的机会悄悄说道："魔鬼来得可不少啊！"杨排长轻轻答道："大叔，放心吧！"

阿曼巴依心怀鬼胎，想到解放军不是好对付的，心里七上八下，但表面却装出平静的样子问尼牙孜老汉："兄弟，叼羊比赛开始吧？"

尼牙孜老汉替杨排长担心，心里也不平静，但眼下只能答应说："好吧，开始！"

叼羊比赛一开始，羊就被一个匪徒抢去，然后匪徒纵马向远处驰去。战士们不肯罢休，在后面紧紧追赶。其余的匪徒也拥上前去。阿曼巴依看着比赛的人马越奔越远，心里暗暗得意，这正是他的一个阴谋：让人马去远处，山口空虚，就可以乘虚而入了。然而，他意想不到的是，二班长已带着战士在残匪的必经之路设下埋伏，他们一面瞄准了残匪出山的道路，一面监视着叼羊比赛的方向。

这时，残匪头子热力普带领着山里的匪徒偷偷窜过来了。阿曼巴依心里盘算着进攻的时间已到，便向尼牙孜老汉说道："兄弟，到了点酥油火把的时候了！"

杨排长听到阿曼巴依的话，知道敌人要下手了，便出其不意地喊了一声："三班长，出击！"

三班长立即策马出击，很快便抢到了羊，带领战士们冲了回来，进入预设的埋伏点。

这时，阿曼巴依看出杨排长已在调兵遣将，犹豫起来，不敢去点酥油火把。杨排长也看出了阿曼巴依的心思，故意说道："阿曼巴依，到了点火把的时候了！"

阿曼巴依没有回答。

杨排长说："哦，没有火柴是吗？给你！"然后把一盒火柴交到阿曼巴依的手里。

阿曼巴依这个狡猾的匪特明白自己已落入天罗地网，但是还妄想能够逃脱，狠狠地瞪了杨排长一眼，就去点火把。

残匪看到火把摇动，知道有危险，忙喊着："撤！撤！"转身没命地逃跑。

杨排长看出阿曼巴依的诡计，拿过他手上的火把，说道："来，我让他们回来！"然后举着火把上下起落了几下。

三班看到信号后,便立即向匪特们开火。与此同时,二班听到枪响后,采取迂回包围的战术,把残匪团团围住。就这样,这些自称为"'自由世界'的英雄们",一个不漏地被俘了。

最后,杨排长拿出卡拉写的字条给阿曼巴依看,当众揭穿了他国民党特派员的身份。在证据面前,阿曼巴依只好束手就擒。战斗终于结束了,这一小股妄想复辟的残匪,就这样被彻底地消灭了。

影评选粹

反特惊险·抒情色彩

《冰山上的来客》是一部反映新疆剿匪斗争生活的反特惊险影片。它故事结构完整,情节曲折,悬念丛生,引人入胜,既有边防战士与公开的匪徒的斗争,又有边防战士与暗藏的敌人的斗智。无论是匪特身边的解放军侦查员,还是解放军身边的匪特,都具有双重身份,又都有失误,使作品充满惊险、神秘。

这部影片在惊险的主线中还有一条爱情副线,既增添了抒情色彩,又调整了作品的节奏,使得影片人物丰满,情节起伏跌宕,更加引人入胜。

精彩回放

影片中,杨排长为了验证眼前的这位古兰丹姆就是阿米尔幼时的伙伴,便让阿米尔唱《花儿为什么这样红》,并叫它什迈提弹琴伴奏。阿米尔唱了起来:"花儿为什么这样红……红得好像燃烧的火,它象征着纯洁的友谊和爱情……"杨排长趁着阿米尔唱歌的时候,暗暗观察着屋子里的这个古兰丹姆,看她听了歌声有什么反应,这样就可以证实她是不是阿米尔的儿时伙伴了。

歌声传进屋子，引起了古兰丹姆的注意。她不觉也唱了起来："花儿为什么这样鲜……鲜得使人不忍离去，它是用了青春的血液来浇灌……"阿米尔听到屋里的歌声，感到十分惊异，心想：是哪儿来了个也会唱这首歌的妇女？他站起身，一面唱着，一面愣愣地朝屋里望着。

这时，窗子打开了，古兰丹姆看到院子里唱歌的战士，正是和自己在八年前分离的好朋友。她抑制不住心头的惊喜，激动地喊道："阿米尔！"阿米尔也很意外，高兴地喊着"古兰丹姆"迎了上去。二人的重逢，解开了杨排长心里的疑问。

这一片段中的歌声兼有叙事和抒情的功能，产生了动人心弦的艺术魅力。这一片段通过这首歌热烈赞美了阿米尔与古兰丹姆之间纯洁的爱情和友谊。

上甘岭

没有炮火的支援,也要打下去,坚决守住阵地!全连打剩一个人,也要坚持!
——张忠发这样表达自己的决心

影片档案

出品:长春电影制片厂
编剧:林 杉 曹 欣 沙 蒙
　　　肖 矛
导演:沙 蒙 林 杉
主演:高保成 徐林格 张 亮

荣誉成就

《上甘岭》是一部成功表现抗美援朝战争的经典影片,是著名电影艺术家林杉、沙蒙、周达明、高保成的代表作之一,同时也是一部艺术质量高,具有强烈震撼力的故事片。它成功地反映了新中国初期人们对自由、和平、幸福的憧憬,是新中国战争题材影片中一朵光彩照人的鲜花。

影片史料

1952年,以美国为首的"联合国军"为摆脱被动局面,对中国人民志愿军的战术反击作战进行了报复。10月8日,美国方面片面终止停战谈判,于14日发动"金化攻势",企图攻占金化东北上甘岭地区两个高地,进而夺取五圣山,以改变防御态势。

中国人民志愿军先后投入3个多师共40 000万余人的兵力、130余门地面火炮和47门高射炮,依托以坑道为骨干的防御阵地顽强抗击,与"联合国军"进行激烈的反复争夺。战至11月25日,历时43天,志愿军共歼敌25 000万余人,彻底粉碎了"金化攻势",创造了坚守防御作战的范例。

剧情故事

一

1952年，美国侵略者在朝鲜板门店拒绝和平谈判，妄图用战争解决朝鲜问题。他们先后出动30 000多兵力，使用大量火炮、飞机和坦克，向上甘岭一线发动大规模的进攻，妄图向北推进，占领主峰阵地五圣山。

在巍峨险峻的上甘岭阵地主峰，敌人的远程炮弹不断地打过来，发出阵阵震耳欲聋的爆炸声。紧接着，敌人像潮水一样一波接着一波地向山头阵地拥上来。阵地上，一片火光，中国人民志愿军某七连战士们正伏在被炸塌的残缺工事里顽强地阻击敌人。在敌人有准备的大规模进攻面前，志愿军暂时处于被动不利的地位。

很快，敌人又开始进攻了。趴在七连连长身边的指导员孟德贵，悲愤地站起来，高声大叫："七连同志们！共产党员们！坚持住！"

经过浴血奋战，七连战士们成功打退敌人的第14次冲锋，但伤亡也极为惨重。现在他们只剩下一个排的兵力了。但是，七连战士依然坚守着阵地，等待后续部队上来援助。

此时，敌人在坦克的掩护下，气焰嚣张地向主峰阵地发起了第15次冲锋。

拂晓时分，主峰阵地上的炮弹爆炸声依然不时响起。经过一夜奋战的七连连长，身上已多处受伤，但他仍坚持指挥。突然，一颗炮弹飞来，他被溅起的土埋住。这时，孟指导员飞奔过来，赶紧把连长从土里拖了出来。但是连长已经站不起来了，他用微弱的声音说："指导员，坚持住！"说完就倒了下去。

在炮弹的爆炸声中，孟指导员站起来向阵地声嘶力竭地喊着，他的声音沉痛而坚定："坚持呀，同志们！党交给我们的这块阵地，一寸也不能让敌人占领！我们一定要坚持到后续部队上来！"话音刚落，敌人的又一发炮弹落在阵地前沿，把正在指挥的孟指导员脸部炸伤，他紧捂双眼，俯在岩石旁……

志愿军某师指挥所里，电话机声和报话机声此起彼落。师长站在收报员身后，焦急地等待上甘岭阵地的消息。这时，师参谋长走了进来，表情略显紧张地说："三营长报告，敌人又用8个连的兵力同时向我三连、六连、七连阵地进攻，重点还在主峰。"

师长听后，心情沉重地说："通知三营长，命令七连一定要坚持到明天拂晓。"随即，他又看了一眼墙上的时钟，问道："八连连长什么时候来见我？"

"快来了！"参谋长答道。

很快，八连连长张忠发便率领着自己的队伍，来到师指挥所，向师长报告。

师长闻声兴奋地走过来紧握他的手，高兴地说道："快喝点水，是一路跑来的吧？"

随后，师长把张忠发领到主峰阵地沙盘前，对他说："你们去接七连的阵地，任务十分艰巨，但不是上去拼死，而是想办法消灭敌人。我要求你们，在阵地上坚守24小时。"

张忠发坚决地说："我们保证不丢掉阵地一寸土地。"

师长走出指挥所，看见八连通讯员杨德才正在聚精会神地写字，好奇地问："你在写什么？"

"报告！写日记。"小杨朗朗地回答。"写日记？可以给我看看吗？"小杨把日记本递给了师长。日记上写着："只要我们八连一上阵地，准能把敌人打垮！"师长看了之后，赞许地点点头。小杨向师长讲了连长张忠发打起仗来老要喝水的习惯。师长幽默地说："还有一条，他一听见机枪响，手就痒痒。"

趁着夜色朦胧，张忠发率领自己的连队攀过主峰左侧陡峭的岩石，顺利通过炮火封锁区，以惊人的速度赶到了前沿阵地。阵地上，烟雾缭绕，到处是尸体、烂枪、破炮弹壳，看不到任何生命的迹象。

"怎么一个人影也看不到！"连长张忠发不禁说道。

"是呀，连长，这个仗打得真凶呀，山都变了样子！"一排长陈德厚说道。

这时，步行机员跑过来，向连长报告："连长，我们已和七连失去了联系。"八连长听后立即命令连队拉开距离跑步前进。

忽然，不远处传来狂喜的喊声："八连来了！"八连战士们停下脚步，闻声望去，只见三个"土人"从炮弹坑里跳出来，欣喜若狂地向他们跑来，一边跑一边高声喊："同志们！八连来了！八连上来了！"

张忠发连忙奔了过去，激动万分地跟他们一一握手，然后问："你们连长呢？"

"我们连长牺牲了！"一个高个子战士的眼睛濡湿了，接着说，"现在由指导员指挥我们。"说完，这个战士便把张忠发带到头上缠着纱布的七连指导员孟德贵那里。张忠发紧紧握住孟德贵的手，说："孟指导员，我是八连连长张忠发！"

"张连长，到底把你们等来了！"孟指导员紧紧抓住张忠发的手，激动地说，"我们连长牺牲了，我们全连……张连长，现在我把阵地交给你。"

突然，敌人的大炮响了，整个阵地都震动了起来。张忠发迅速地指挥战斗，并叫一名战士立即扶孟指导员下去休息。孟指导员吼叫着不肯离开阵地。张忠发忍住眼泪对他说："孟指导员，你应该信任我们！"孟指导员只好任战士扶他下阵地。

激烈的战斗开始了，英勇的八连战士与敌人展开了殊死搏斗。经过一场残酷的战斗，阵地上到处在燃烧。八连上阵地还不到一个上午，已连续打退敌人一次比一次疯狂的进攻23次。

就在八连战士们高兴地谈论战况时，敌人又进行新一轮攻击了。

敌人的飞机也出动了,它们在阵地上空急转、俯冲、投弹、扫射。山脚下,敌人的坦克也过来向阵地进行猛烈的轰击。转眼之间,主峰阵地又笼罩在硝烟之中。

张忠发从望远镜里观察到穿着绿色军服的美国兵分成三路正向阵地蜂拥而来。他向身旁的步行机员大声喊道:"步行机员!赶快跟营部联络,要求炮火轰击三号、五号、七号地区,拦阻敌人前进!"

步行机员用沙哑的声音大声地呼叫:"李庄!李庄!轰击三号、五号、七号地区!快来炮火!快来炮火!"

炮火划空而过,炮弹准确地在敌群中开花。望着山坡上丢盔卸甲、鬼哭狼嚎的敌人,战士毛四海高兴得拍手大叫:"打得好!打得好!"

突然,我方的炮火停歇了。石崖下的敌人迅速恢复攻击,而步行机员却和营部失去了联系。在这危急关头,张忠发果断地发出命令:"没有炮火的支援,也要打下去,坚决守住阵地!全连就是打剩一个人,也要坚持!"敌人冲上来了。八连战士嘶吼着冲下阵地,与敌人展开了激烈的肉搏战。

顿时,阵地上尘土飞扬,四处响起了手榴弹、手雷的爆炸声和机枪的扫射声,以及惨烈的厮杀声。步行机员与上级的联络接通,得到的却是全部撤进坑道的命令。战士们都不愿意。此时张忠发正在踌躇,忽然看见敌人从他们两侧蜂拥而上,他们已被包围。他只好忍痛向战士们命令道:"边打边撤!全部撤进坑道!"战士们都想不通,不愿意退入坑道。

张忠发心中也极为不愿意退入坑道,但上级的命令必须执行。"既然领导命令撤退,当然会有安排的,有什么好嚷的?回去休息吧!"

终于,营长在了解战地情况后,同意八连留下来继续作战。听到这个消息后,张忠发和战士们顿时精神大振。

二

五圣山作为整个朝鲜战场中线的门户，有着至关重要的作用。

阵地上，敌人连夜抢修了一排排地堡。此时，密密麻麻的敌人正在向山上运动。张忠发向据守洞口的战士们高喊："同志们！敌人向五圣山进攻了！我们要狠狠揍他！把所有的机枪都扛到坑道口去！"战士们迅速行动起来，奔赴各自的战斗岗位。

激烈的战斗打响了，八连战士们又投入到了紧张的作战中。毛四海的机枪，陈德厚的机枪，还有别的坑道口的机枪，顿时无数挺机枪组成了一个交叉的火网，狠狠地牵制着敌人。尽管敌人十分顽固，但在八连战士的猛烈进攻下，敌人很快便狼狈溃逃，撤退下来。

指挥所里，师长正和三营长通话，参谋长兴冲冲地走过来说："据黄团长报告，进攻五圣山的敌人已经全部撤退了！"师长兴奋地说："奇迹！奇迹！前边这么点儿部队，竟把敌人拖了回去，奇迹！"

最后，师长、政委和参谋长共同协商，决心让八连放弃表面阵地的争夺，利用坑道，每天大量拖住敌人，消耗敌人，以争取时间，准备力量，最后来个决定性大反击。

张忠发接到这个命令后，便向战士们讲了这一特殊战斗任务的重要意义，并命令清理弹药，把水、干粮集中起来，统一分配。随后，他带领战士们紧张地整理工事，擦拭武器，打扫坑道，做长期驻守坑道的准备。

很快，狡猾的敌人把地堡修到了坑道口两侧。为了拔掉这两颗钉子，张忠发决定派战士出击。

毛四海等几个战士趁敌人探照灯灭掉的一刹那，跃出坑道口，匍匐前进。可恨的亮光又晃了起来，他们赶紧趴下。不料，一个战士低头时碰响了山坡上的罐头盒，引来敌人一阵激烈的机枪扫射，出击没有成功。

张忠发在坑道口捡起一个罐头盒，琢磨良久，忽然计上心来。他用力将罐头盒抛了出去——又引起一阵急骤的机枪声。他抿嘴笑了，对小杨说："你来干这个买卖，隔几分钟扔一个。"小杨疑惑不解地执行这个怪任务。他终于发现连长这招真高。扔得多了，敌人再听到罐头盒滚动的"叮当"声，就不再射击了。

夜晚，张忠发带上毛四海跳出坑道，向敌人地堡爬了过去。张忠发越爬越近，连美国兵的面孔都能看清楚了。工事里架着机枪，在十来个戴钢盔的脑袋中，有两个还在晃动着。张忠发扔进去一个手雷。就在同一时间，他看见毛四海那边也闪起手雷爆炸的火光。

战斗经验丰富的张忠发这次可没有白出去，一下子就端了敌人两个"窝"。他跑回坑道，像小孩子一样高兴，"咯咯"地笑着，让杨德才向首长报告战果。

不久，狡猾的敌人便严密地封锁了坑道口，使坑道与后方完全隔断了。得不到补给，渴和饿严重威胁着战士们的生命。对此，师首长亲自布置后勤部队为各个坑道里的连队运送给养。

炊事员老王担任了去八连坑道运送给养的任务。临走前，师长特意跑到炊事员老王跟前，拿出专门照顾师首长的两个苹果，"你替我送给张忠发。"老王犹豫一下，收了下来。

夜幕降临了，老王带领背着水和给养的战士，通过敌人的炮火封锁区，向八连阵地飞奔。由于敌人的火力强大，一个又一个战士在敌人机枪的扫射下倒了下去。最后，就剩下老王一人来到了八连坑道。他把一麻袋的萝卜和罐头等食品交给连队后，含泪说："张连长，师长想念你们呀！"接着，他从衣袋中掏出两个苹果说："这是师长特意让我带给你的。"张忠发望着苹果笑着,眼角里滚动着晶莹的泪珠。

张忠发让王兰把苹果送给孟指导员。孟指导员接过苹果,深情地闻了闻,递给了身旁的一位重伤员。重伤员感动地把苹果紧紧搂在胸前,过一会儿,又递还给指导员:"指导员,留给能打仗的同志们吧,我们躺在这儿什么也不能干,已经对不起党了……"

苹果传来传去,最后又传回到张忠发手中。他沉默了一会儿,命令王兰把苹果切开,给每个战士一片。

不久,八连没有水了,干硬的压缩饼干实在难以下咽;没有药品,伤员的伤口在不断恶化。艰苦环境的折磨使战士们的身体衰弱下去。有的战士将牙膏抹在干裂的嘴唇上。

张忠发心急如焚。为了提高士气,他鼓励一排长讲个故事。一排长舔着干裂的嘴唇,讲了曹操带兵过酸梅林的故事:"这么一咬,就觉得牙缝里、两腮帮、舌头下,满嘴酸水直流,把牙都酸倒了。"毛四海只觉得嘴里真的好像有了涎水,高兴地说:"排长,你这办法真行啊!"

王兰拖着疲惫虚弱的身体,细心地照顾着每一个伤员。这几天,她经常头晕,可却默默地咬紧牙,从不声张。她来到孟指导员身边,孟指导员问道:"咱们退进坑道多少天了?"

"整整22天了,怎么还不反击?"王兰反问道。

孟指导员听出她有点儿急躁情绪,亲切地和她交谈起来。说着说着,指导员突然昏厥过去。

为了保持战斗力,张忠发带头吃饼干。他用力地嚼着,嘴角流出了鲜血,但怎么也咽不下去,呛出了眼泪。他以坚强的毅力猛劲吞咽,抬起头说:"同志们,咽吧!头一口困难些,第二口就好了!"战士们向他学习,像打仗一样,顽强地咽着饼干。

这时,六连一个战士不顾敌人机枪的严密封锁,摸到八连坑道口,突然跳了进来,背来一个装满水的汽油桶。看着这一桶水,战士们高兴极了。张忠发疾步向前握住小战士的手,久久舍不得放开。他噙着泪说:"谢谢你们!谢谢你们连长!"

这时,敌人扔进来了毒气弹。一刹那,毒气弥漫了整个坑道,战士们剧烈咳嗽着。王兰迅速地把毛巾用水沾湿递给战士们。在毒气的烟雾中,张忠发怒不可遏地举起机枪,向头顶上的敌人猛烈射击。这时,王兰飞跑过来,把剩下的最后一条湿毛巾,紧紧捂在连长嘴上。

张忠发说:"小王,小王,快走开,别管我,照顾好你自己!"

王兰由于中毒较多晕倒了。战士们赶忙对王兰进行抢救。

正在这时,步行机员紧张而又兴奋地喊起来:"连长,营长命令你立刻回师指挥所去。"

战士们凭着战斗经验判断出大反攻即将开始。他们忘记了干渴、饥饿、伤痛,高兴地抱成一团,跳着、笑着,把一顶顶帽子扔向了坑道顶。这时,王兰慢慢醒了过来。她挣扎着起来,用最后的力气喊道:"熬出来了……熬出来了!连长,我要唱首歌。同志们!歌唱吧!"

坑道内歌声悠扬。张忠发这个铮铮硬汉悄悄地扭过头,用手擦着眼泪。这是战士们第一次看见张连长流泪。

张忠发奉命赶到指挥所。师长看到他和杨德才穿着肮脏而又破烂的军服站在那里时,差点认不出来了。师长先是愣了一下,然后十分激动地跑过去抱住张忠发紧紧不放,抚摸着,摇晃着。张忠发感动地流出了眼泪。站在一旁观看这个动人场面的作战科的工作人员,也笑着掉下了眼泪。接着,师长走到杨德才身边,爱抚地拍着他的肩膀说:"我记得,你叫杨德才。这小鬼,光笑!"

夜半,师长爱怜地凝视着张忠发和杨德才熟睡的面孔,一次又一次看表,想让他们尽量多睡一会儿。半晌,师长十分不忍心地轻轻叫醒张忠发。张忠发敏捷地下床并穿好衣服。师长理解地说:"我知道你不把主峰阵地拿下来是不肯下阵地的。"

张忠发像是难为情似的笑了。

师长接着说:"你很明白,主峰是整个阵地的制高点。你们配合后面上去的部队,明天上午6点整发起攻击,8点一定拿下主峰!要记住,在同一时间,你们两侧有16个连队一起发起冲锋,一定要遵守时间。现在对对表吧!"说罢,便与张忠发同时举起手来看表。

张忠发手上的表"嘀嗒嘀嗒"地响着,时针指在5点40分上。坑道口,战士们手持武器,威严地排成整齐的行列,凝神屏息地等待出击命令。张忠发站在扩大了的坑道口,两眼死死盯着腕上的表,等待总攻时刻的到来。

6点整,炮火骤起。张忠发一声令下,战士们如猛虎般冲上硝烟弥漫的阵地。八连的炮弹在敌人的阵地上爆炸。敌人溃逃。步行机员不时地报来令人振奋的消息:"到达四号地区!到达三号地区!到达二号地区!"

张忠发这才稍稍松了一口气,兴奋地对通讯员说:"打得好!8点钟准能拿下主峰。杨德才,水!"他接过水壶"咕嘟咕嘟"地喝了起来。

没料到,敌人在岩石下面安置了凶猛的暗火力点。射口吐着血红的火舌,严密地封锁着志愿军进攻主峰的必经之路。一个又一个爆破组失利。

已经是7点45分了,还未夺下阵地,张忠发焦急万分,眉头拧成了一个疙瘩。在这紧要关头,18岁的杨德才跨到连长面前,主动请求去炸掉暗火力点。张忠发凝视着与自己朝夕相处的杨德才,许久,才下了决心:"你去吧!我等你的胜利消息!"

敌人的子弹疯狂地飞来。杨德才身体多处负伤,但仍忍着剧痛,一步一步艰难地向前爬行。杨德才刚要跳出炮弹坑,就被一颗子弹射中了肩部,一下子摔倒在弹坑里。他强忍剧痛起身,架着机枪向敌人猛烈射击。

距离总攻时间只有5分钟了,敌人的机枪还在疯狂地扫射。张

忠发心急如焚。他拉过一挺美式机枪,向敌人暗堡猛烈射击,力图吸引敌人的火力。

就在这时,遍体鳞伤的杨德才以顽强的毅力终于爬到了敌暗堡面前。他用尽全身力气将爆破筒塞了进去。可狡猾的敌人又将爆破筒扔了出来。在这关键时刻,杨德才重新将爆破筒塞进去,并且扑了过去,用自己的胸膛紧紧地堵住了射口。随着一声巨响,这个凶猛的暗火力点终于被消灭了。

八连战士高举红旗冲上了主峰。经过战火洗礼的八一军旗高高地飘扬在上甘岭主峰。战斗胜利了!八连没有辜负祖国人民的期望!他们成功地为战争打开了新局面。"联合国军"不得不再次回到谈判桌上进行和平谈判。

影评选粹

战争题材·以小见大

影片《上甘岭》是一部极富特色的战争题材影片。它取材于著名的上甘岭战役，是第一部成功表现抗美援朝战争的影片。它通过对以连长张忠发为代表的八连战士们坚守上甘岭阵地的描写，歌颂了中国人民志愿军崇高的国际主义和爱国主义精神。

在拍摄手法上，创作者没有求大求全，没有全景式地表现战役的全过程，而是以小见大，把视点投向一条坑道和一个连队，准确而巧妙地选取了最能表现抗美援朝战争的角度和素材，成功地塑造了英勇善战、不怕牺牲的志愿军英雄群像。

精彩回放

夜幕降临了，老王带领背着水和给养的战士，通过敌人的炮火封锁区，向八连阵地飞奔。由于敌人的火力强大，一个又一个战士在敌人机枪的扫射下倒了下去。最后，就剩下老王一人来到了八连坑道。他把一麻袋的萝卜和罐头等食品交给连队后，含泪说："张连长，师长想念你们呀！"接着，他从衣袋中掏出两个苹果说："这是师长特意让我带给你的。"张忠发望着苹果笑着，眼角里滚动着晶莹的泪珠。

张忠发让王兰把苹果送给孟指导员。孟指导员接过苹果，深情地闻了闻，递给了身旁的一位重伤员。重伤员感动地把苹果紧紧搂在胸前，过一会儿，又递还给指导员："指导员，留给能打仗的同志们吧。我们躺在这儿什么也不能干，已经对不起党了……"

苹果传来传去，最后又传回到张忠发手中。他沉默了一会儿，命令王兰把苹果切开，给每个战士一片。

这一片段生动形象地表现出八连战士们在最艰难的生存环境中心系一线、舍己为人、同甘共苦的真挚友谊和崇高的革命精神。

创业

一个国家要有民气,一个队伍要有士气,一个人要有志气。有了这三股气,封锁怕什么?扔原子弹怕什么?我们顶天立地地站着!

——周挺杉坚定地说道

影片档案

出品:长春电影制片厂
编剧:张天民
导演:于彦夫
主演:张连文　李仁堂　陈　颖

荣誉成就

1975年2月11日,《创业》在全国各大城市正式公映,深受群众的强烈喜爱。然而,受当时政治环境的影响,影片受到了不公正的批判。可喜的是,群众的眼睛是雪亮的,大家对这些错误的批评表达了强烈不满,不少群众还专门写信给长春电影制片厂,对此片表示支持和鼓励。

影片史料

从1953年开始,中国实施了第一个五年计划,但结果是唯有石油产业没有完成计划,而此时,一些西方国家企图用石油"窒息红色中国"。于是王进喜于1960年率一二〇五钻井队到大庆参加石油会战。他们艰苦创业,克服了无路、无粮、无房等重重困难,打出大庆第一口油井,一举扭转中国石油产业的被动局面。

电影《创业》的主人公——周挺杉,就是以铁人王进喜为原型塑造的。

剧情故事

一

十斤娃和同伴们牵着骆驼从戈壁滩中缓缓走来。忽然,一辆囚车驶来,囚车的铁窗口出现了裕明油矿工务科职员冯超的脸。看到十斤娃,他有些惊慌失措。十斤娃没有理会,拉着骆驼走进裕明油矿的大门。他之前听说矿上又闹瘟疫又抓人,没想到自己的母亲(周大娘)来探亲,却和其他工人家属们一块被拦在门外。十斤娃无比愤怒,抓着铁丝网的手流出了鲜血。

  十斤娃来到工人住的窑洞里,他父亲(周师傅)告诉他,美国顾问和国民党要在逃跑之前炸掉油矿。这时,外面传来井喷声。周师傅知道,是敌人在毁坏矿井。他推开前来阻拦的工头,叫十斤娃通知工人们出来压井,然后冲出窑洞,奔向井场,去保护油矿。

  周师傅带领着举着棍棒的工人冲过来,高喊:"打,一定要保住油矿!"匪徒们吓得连连后退。一个特务报告给国民党书记长和矿长,说"周老大跟共产党有联系"。矿经理要求将周师傅抓起来。周师傅奔向配电房,看见伪矿警长要合闸,便手举管钳大喊:"谁敢合闸?"伪矿警长连开两枪。周师傅中弹,但仍高举管钳,昂首挺立,至死不屈。周师傅掏出一个红袖标塞在十斤娃怀里,壮烈牺牲了。周师傅的牺牲激怒了工人们。在"给周大伯报仇"的吼声中,工人们高举火把会聚到一起。十斤娃站到队伍前面,挡住去路,展开护矿队的红袖标。

  正在这时,一个工人打扮的人出现在工人们的面前,说:"工友们,按周师傅的嘱咐去干!"这人叫华程,是共产党派来接管油矿的解放军某部政委。华程把一张布告交给十斤娃,"十斤娃,你赶快去裕明别墅,阻止他们把地质资料和章工程师带走。"十斤娃接过布告,转身向裕明别墅跑去。十斤娃来到裕明别墅,将布告贴在墙上,便向屋内走去。

这时,美国顾问正在威逼工程师章易之跟他们逃走,还准备带走油矿的所有资料。收音机里正播放着《别了,司徒雷登》,章工程师倾听着广播说:"不!我大学毕业后骑骆驼来到这里。我要用我的知识,使我的祖国富强起来。"美国顾问讥笑道:"章易之先生,你以为你的祖国还会富强吗?"美国顾问拿起一本杂志怪腔怪调地念道:"'中国的东南部找到石油的可能性不大,西南部更为遥远……东北、华北不可能含有大量石油'……美国权威给你们描绘出多么美好的图画!"

那位美国顾问转身要走,猛看见站在门口对他怒目而视的十斤娃,又退回来狂叫道:"我们会封锁中国沿海,叫你们活不下去!没有'美孚',你们只是一片黑暗!"美国顾问向章易之要资料,章易之不给。美国顾问猛看到墙上的布告,愣了愣神,伸手要撕布告。十斤娃一把将他推开。美国顾问拿起手杖就向十斤娃打去。气愤异常的十斤娃提起油桶向他泼去。美国顾问仓皇逃走。十斤娃将章易之怀里的杂志夺过来,撕成两半,扔在地上。章易之弯腰去捡,收音机里又传来广播声:"封锁吧,封锁十年八年,中国的一切问题都解决了……"章易之听着,直起了腰。

矿区人民终于迎来了解放。人民解放军的队伍一进山口,就受到工人们的热情欢迎。华程问十斤娃:"你没有个大名吗?"油娃说:"他大名叫周挺杉!"华程兴奋地说:"周挺杉同志,心里装着天下受苦人,挑起担子跟党走,咱们解放了!"热泪涌出眼眶,周挺杉情不自禁地喊:"解——放——啦!"顿时,工人们也跟着喊起来。这欢呼声汇集起来,像春雷一样,在山谷中引起阵阵回响,震撼着祁连山的雪峰。

二

　　十年过去了,周挺杉入了党,当了钻井队长,创造了月上五千米的新纪录。一天,周挺杉正在捞油,当了专家工作处处长的冯超走过来,说晚上召开发奖大会,叫周挺杉去领奖。周挺杉说:"冯处长,大伙商量了,我们不去领奖。"冯超说:"这是专家的建议。"周挺杉说:"专家的建议也有错的。"冯超威胁说:"你有一股危险的情绪,咱们不会搞工业,不靠人家靠谁?"周挺杉说:"搞工业得靠我们自己,走自力更生的道路。"一旁的地质师章易之也劝周挺杉去领奖。周挺杉掏出一张新闻公报递给章易之,说:"全国许多工业部门都提前三年完成了国家五年计划,只有我们石油产业没有提前。让国家作这么大的难,哪还有脸领国家的奖金!"章易之说:"你急有什么用?咱们可能确实是贫油!"周挺杉气愤地说:"我就不信!石油就埋在人家的地底下,咱们这么大的国家就没有油?"

　　北方大草原田家庄传来发现大油层的喜讯。中央要调集全国的精兵强将在那里开展一场石油会战。周挺杉听说后非常兴奋,要求去参加会战。他要指导员许光发立刻给党委打报告。党委批准了他们的要求。

　　周挺杉带着井队的同志,兴高采烈地来到了会战地点。井队受到了会战前线指挥部王副指挥、驻军代表和贫下中农代表田大爷的热情欢迎。这时,转业战士秦发愤背着背包来报到,参加会战。他听油娃说干钻井活重,就决定干钻井。

　　地质所内正在开会,总地质师章易之介绍了田家庄、龙虎滩和无名地这三个大构造的地质情况以后,又谈了要以田家庄一号井为中心,用比较小的井距,逐步向外扩大的设想。油田指挥部党委书记华程说:"这几天,章总地质师熬红了眼睛,在冯副指挥的参与下,搞了这样一个方案。大家可以横挑鼻子竖挑眼,多提提意见。"

工程师姚云朗站起来说:"油田勘探一上手就局限在一个局部构造上,用小井距一步一步地爬行,这是少、慢、差、费的勘探方法。"她提醒大家别忘了1958年以前吃过的照抄书本和迷信洋人的苦头。副指挥冯超却说:"我支持章总的方案。同时,我还有一个进一步的设想,那就是凭借我们自己的力量,在草原上建设一座有街心花园、研究中心和工人文化宫的现代化石油城!"王副指挥反驳冯超说:"要按总路线的精神,建设咱中国式的大油田。"冯超着急地说:"王副指挥,你可是工人出身呀!应该能理解,我这个方案是处处为工人着想。"

周挺杉走到地质图前说:"这三个构造连起来,可真像一只'大老虎'。咱们骑上这只'大老虎',大井距,甩开勘探,解剖整个地区,寻找更大更高产的油田,抱个大金娃娃!"华程说:"对,咱们一手拿田家庄,一手伸向龙虎滩、无名地,争取一年内拿下三个构造,一举改变石油工业的被动局面!"同志们兴奋得鼓起掌来。

章易之认为,甩开勘探不一定合适,怕雄心太大,骑虎难下。冯超更是提出了一大堆困难,并说只有自己的"石油城计划"才能克服这些困难,稳定队伍。周挺杉响亮地说:"克服困难,不能靠退缩到石油城里去,我们要靠党的领导,大搞群众运动,坚定地走独立自主、自力更生的道路。"华程指出,这完全符合会战总部党委的意图,并说:"我们一定要完成这个战略意图!"章易之则表示服从党委决定,但保留自己的意见。

在华程的宿舍里,周挺杉问华程:"这个油田的远景怎么样?能不能满足国家的需要?"华程说:"正为这个睡不着觉。现在有一股寒流,正向我们压过来!"周挺杉激动地说:"政委,就是寒流铺天盖地也要打,坚决拿下第一口井!"华程愤慨地说:"帝国主义卖给咱们一吨油料,比资本主义市场价格贵一倍。航空油里有马粪，柴油里有大量硫黄，还得准备有一天他们连带马粪的油都不提供了！"周挺杉越听越气愤。他穿上大衣要上龙虎滩快速拿下第一口井，并说："我们有条件要上，没有条件，想方设法、拼死拼活也要上。"华程说："这正是会战党委要喊出来的话！有条件要上，没有条件，创造条件也要上！"

三

在会战总部党委的领导下，周挺杉井队开进了龙虎滩，打响了钻探龙一井的战斗。大家发扬了大无畏的革命精神，在没膝深的大雪里，人拉肩扛，装运钻机。木杠压断了，铁杠砸弯了，皮鞋蹬裂了，周挺杉带领工人们迎着大风雪顽强战斗，终于将井架矗立在空中。

马上要开钻了。周挺杉见井位标记搞得马马虎虎，就来找章易之要求复测。章易之以老规矩为由拒绝了复测。工人们都盼着早日开钻。可是，天气寒冷，地面冻得像铁板，泥浆池挖不了，开不了钻，工人们都很着急。

"天寒地冻不觉冷，热血能把冰雪融。"旷野上，通明的篝火映着高高的井架。周挺杉挥舞着大镐在刨冻僵的土地。井队的工人们在破冰取水，往泥浆池里倒水，抛打冰块，为开钻做准备。龙一井开钻了，钻盘飞转起来。周挺杉手扶刹把，被朝霞映红了脸。龙一井打成了，可是经过试油，油气显示不好。被提拔为副总地质师的姚云朗跑向地质所，向王副指挥和章易之报告。王副指挥要她快去向华程报告。章易之则在冯超的挑拨之下，要去劝周挺杉撤退。

值班房里，周挺杉正在学习，他想查明龙一井不出油的原因。章易之走进来说："老周啊！这口井恐怕要地质报废了！"接着就劝他退回田家庄去。周挺杉说："咱们有那么多的资料证明创业地区有生成石油的条件，田家庄又见了油，跟龙虎滩就没有关系？"他要求在龙虎滩打第二口井。章易之说："田家庄够咱们干一辈子了，你还想怎么样？"周挺杉说："想把石油落后的帽子甩给敌人戴！不能忘记美国顾问逃走的时候说的那句话。这口气非争不可！"周挺杉提议，和工人一起，从设计到测量来个全面调查，查找原因。他深有体会地说："不深入事物的内部研究矛盾的特点，就想动手解决矛盾，没有不出乱子的。"

章易之走后，周挺杉带着油娃开始进行深入细致的调查研究，连夜冒着大风雪，复测井位，并找田大爷查清了龙富贵挪井位的情况。

在地质所里，章易之正要求华程撤回井队。这时，周挺杉来报告龙富贵私挪井位的事。大家听后都很气愤。冯超却急忙说："可能他出于小农经济的狭隘自私。"章易之惭愧地说："由于个人的自尊心作怪，没有接受周挺杉复测井位坐标的建议，这是个教训。"当许光发等人要求打第二口井时，章易之同意了。华程也说："可以请示总部党委批准打第二口井。"

第二天天刚亮，华程从总部开会回来，看见周挺杉伏在桌上睡着了。他脱下大衣轻轻地给周挺杉盖上。一阵电话铃响，把周挺杉惊醒了。华程幽默地说："哈哈！真睡在我这儿等井位了？"周挺杉迫不及待地问："总部批准打第二口井了吗？"华程兴奋地说："需要什么东西，说吧！"周挺杉除了要一副备用水龙带，什么都没要。华程说："你已经被总部党委批准为前线指挥所党委委员了。从前拉骆驼的奴隶，今天成了自觉的战士。"

傍晚，许光发满腔激愤地向工人宣讲："帝国主义、现代修正主义从政治上压我们，经济上卡我们。我们一定要艰苦奋斗，自力更生，彻底粉碎他们的封锁。敌人的卡、压、封锁，吓不倒伟大的中国人民。石油工人为早日摘掉石油工业落后的帽子而奋发努力！"

后勤人员小马告诉冯超到了六车粮食。冯超让全部运到田家庄去。小马报告说龙虎滩和无名地也急需粮食。冯超却说党委的原则是"先生产，后生活"。周队长当了党委委员能理解，不让汽车队给周挺杉井队送粮。周挺杉知道后，果断地说："不给车，咱们自己挑！"于是，大家一起动手，肩挑背扛地将粮食运回石油基地。

赵春生正要去指挥部送砂样，龙富贵开着大车过来了，招呼赵春生上车。于是，赵春生坐上了龙富贵的大车，结果在路上弄丢了砂样。砂样是了解地质情况的重要资料，丢掉了会影响钻井工程的进度。周挺杉、许光发、姚云朗十分着急，连夜跟着赵春生到处寻找。因为丢砂样的事，华程在群众大会上对周挺杉井队提出了严厉的批评。这时，周挺杉带着找回的砂样进了会场。他听到华程的批评，主动上前承担责任。华程继续说："既要有革命干劲，又要有严格的科学态度，要重视第一性资料，我们要为油田负责一辈子。"

冯超乘机走上讲台，说有个揭发材料，接着念道："周挺杉在国家经济暂时困难时期，立场不坚定，买了大量土豆，助长了农村资本主义自发势力。"周挺杉先是警觉地听着，接着霍地站起来，登上讲台，向大家讲了冯超卡龙虎滩和无名地粮食的经过，并质问冯超这样做的目的。冯超强调"运输困难"。华程却严肃地说："战区的运输是有些紧张，但是我们这里有个别人扩大矛盾、制造障碍，给周挺杉井队造成了粮食困难。"

华程向大家讲了周挺杉买土豆的经过，说土豆是田大爷和几户贫农送来支援钻井队的，周挺杉拿出自己的存款给了田大爷。华程越说越激动："请问，这是发展资本主义吗？不！这是积极热情地在贫下中农帮助下去克服困难，坚持会战！"他的话音未落，会场上立刻响起一阵热烈的掌声。华程又把秦发愤忘我工作、关心同志、把窝窝头偷偷分给师傅的事表彰了一下。秦发愤听了，不安地站起来说："我给师傅窝头，是因为有人给我的饭盒里放窝头。"秦发愤这么一说，群众纷纷喊起来。魏国华说："也有人给我放窝头。"油娃说："他自己吃土豆，把粮食给了别人。"井架工也激动地说："他买罐头给高空作业的井架工吃。"华程深受感动地问："是谁？"

工人们齐声喊道："周——挺——杉！"会场突然沸腾起来，"向周挺杉学习"的口号声和掌声响成一片。

会后，华程找冯超谈话，指出了他在处理龙一井井位和粮食问题上的错误，警告他不要搞阳奉阴违。冯超听了十分惶恐。

相反，这次大会之后，周挺杉的心里更加透亮了。他边帮赵春生补衣服，边对范师傅说："咱们是石油工人，应该想着国家大事。咱们对世界人民的贡献还少啊！"范师傅高兴地说："这下我心里有底了。周挺杉挨了批评，进门没趴下，出门胸脯挺得更高了。"经过紧张战斗，龙二井又打成了，可仍然不喷油，光出水。章易之来找华程，要求重新考虑他和冯超的方案。华程说："振奋起中国人民的革命精神吧！工人们正在向那些形而上学冲击。我们应该支持周挺杉他们。"姚云朗一阵风似的跑来向华程报告。她讲述了周挺杉如何领着大家按照矛盾的法则，分析了田家庄和龙虎滩的情况，决定捞水取油，促使矛盾转化，搞个"水落油出"。华程听了，兴奋地说："好哇，辩证唯物论的认识论，在我们工人身上生根开花了！"周挺杉带领井队同志，发扬自力更生、艰苦奋斗的革命精神，正在建造"干打垒"住房。

不久，姚云朗又来报告，说龙一井经过压裂已经出油，龙二井捞干了水以后，油正在"咕嘟咕嘟"往外喷。华程高兴地说："通知章总。"章易之听说出油了，马上表示认输。可是，当姚云朗提出再上无名地时，章易之又认为是痴人说梦。经过姚云朗的劝说，章易之同意二上无名地。周挺杉要求带领尖刀班攻克无名地这道难关。华程高兴地说："无名地这几口井，关系到全局呀！中央首长和全国人民在期望着我们。老周呀，去降龙伏虎吧！"

四

二上无名地的战斗打响了。"风吹钻塔顶天立，雨打衣裳斗志昂。"周挺杉井队顶风冒雨，顽强战斗。赵春生在周挺杉的教育和带动下，觉悟大大提高，专心致志地捞取砂样。

"妇女顶起半边天，要让山河换新装。"周大娘、陈淑芬和工人家属们开荒种地，支援石油会战。冯超被调离指挥部，来到工地上颇有预感似的对章易之说："这只不过是信号。恐怕又要突如其来搞什么红袖标教育！往后可不敢干扰人家的决心喽！"章易之说："不对，我们是共产党员，是负责干部，对国家建设不利的事，就要管。"冯超冷笑道："管？没有油层，应该撤退，你管得了吗？"接着，他又进一步挑拨，"谁是油田的主人？"

谁是油田的主人？是创造历史的工人！

周挺杉看见女焊工用柴油洗手，马上赶来制止："这点柴油是全国人民的血汗，从外国换来的，留着打井使。"他领着女焊工到泥槽口洗手，忽然听到许光发喊道："老周，井下不正常！井下压力很大！"周挺杉急速奔上钻台，接过许光发手里的刹把，发现井下压力骤增，大喊："井壁坍塌！"许光发说："危险！"就要来抢刹把。周挺杉用肩膀把许光发撞开，自己猛力按住刹把。哪知由于井壁坍塌，钻杆往上顶，弹出了百多斤重的方瓦，重重地砸在周挺杉的腿上。钻具急速下滑，如不及时制止，钻机就要被毁坏。

就在这千钧一发之际，周挺杉猛地跳起来，扑到刹把上。钻具停止了下滑，险情解除了。可是鲜血从周挺杉的裤腿渗了出来。当大伙正给周挺杉包扎时，华政委来了。赵春生说："要叫政委知道了，准得上医院。"周挺杉坚强地说："我又不是泥捏的。在这个时候，我怎么能离开呢？"于是他们决定将周挺杉负伤的事向政委保密。华程问打井的情况，油娃说："井壁坍塌，周队长已经排除啦！"华程看到周挺杉额头汗珠直冒，问他怎么了。周挺杉却回答："天气闷热！"

章易之要周挺杉一起去看钻井记录。周挺杉忍着剧痛，一步步沉重地走下扶梯。章易之来到值班房看了下记录，说设备不行、柴油不够,要周挺杉停钻撤退,还要把他们节省的油调往田家庄。周挺杉着急地说:"我这儿焖饭,你从我灶坑里抽柴火!"章易之不理解周挺杉的心情,说他逞英雄。

华程知道周挺杉负伤后,匆匆向值班室跑来。他听了章易之的话,就说:"周挺杉他们有不可磨灭的功绩,如果有什么问题,政治上的责任我来负。你知道吗?他刚负了伤。"章易之看到地板上的血迹,慌忙奔过去抚摸周挺杉的腿,沉痛地说:"老周,我送你上医院!"华程要周挺杉马上住院。周挺杉恳求说:"政委,你让我把心里话全倒出来吧!"接着,他忍着剧烈的伤痛,驳斥了"中国贫油"的谬论。

华程心里既钦佩又感动,对章易之说:"大老粗手里有真理,他是我们的老师呀!工人是历史的创造者,是我们这个国家的主人,也是油田的主人!"周挺杉满怀希望地对章易之说:"我们尊重你章老总,希望你按着党的路线,为社会主义出力!"章易之感动得热泪盈眶,说:"老周、政委,我辜负了你们对我的期望。"华程要周挺杉马上住院。这时突然来了电话,华程听着,脸色变得严峻起来。为了使周挺杉安心养伤,他没有马上说出电话的内容。把周挺杉送走后,华程马上向工人们宣布电话的内容:"现代修正主义者撕毁了合同,撤退了专家,对我们搞突然袭击,答应供给的油料没有了。"工人们听后无不义愤填膺。华程快步登上扶梯,号召大家:"我们要团结起来,高举红旗,为真理而斗争!"

周挺杉没等伤治好,就离开医院,拄着拐杖,赶往井场。当他路过家属炼油厂门口时,陈淑芬跑来告诉他苏修背信弃义的事。周挺杉要陈淑芬立即给他找车回井区。

冯超趁周挺杉不在,强令井队工人停钻。工人不理睬他。冯超大叫:"你们这是跟谁赌气?"油娃回答:"我们是跟'帝修'班抢时间!"冯超说:"人家不给柴油啦!"许光发说:"我们还有家属炼油厂。"冯超轻蔑地说:"家属,他们能炼出油来?"冯超见工人仍不停钻,竟然去拉了电闸,钻机突然停止转动。周挺杉骑着摩托车飞似的赶到井场,见井场上无人,一片寂静,便大喊:"指导员!秦发愤!油娃!"章易之、许光发、油娃等人闻声赶来。周挺杉急促地问:"为什么停钻?"他听说是冯超让停钻的,更是怒不可遏。他猛将拐杖扔掉,手扶刹把,振臂高喊:"打钻!"钻盘转动起来了。一个工人担心地说:"可是柴油……"

正在这缺油的关键时刻,家属炼油厂送油来了。陈淑芬在车上喊:"有机油、汽油、柴油,保证没有马粪、硫黄。"冯超见又开了钻,就去找章易之、姚云朗,"龙四段油层很薄,现在还拼命找它,目的何在?"姚云朗向冯超说明了三结合小组研究的情况,并说无名地很可能成为主力油层。此时,魏国华从窗口告诉姚云朗龙四段已钻开了,油气显示良好,井下压力很大。章易之和姚云朗听后都很兴奋。章易之对姚云朗说:"加大泥浆比重,防止井喷,再调些重晶石!"姚云朗说:"已经通知了供应处,马上就送重晶石来。"章易之刚要走,冯超就威吓他说:"这口井一喷油,人们会不会问:章总拼命反对拿大油田,是什么居心?"章易之坚定地说:"我得跟党同心同德,绝不会再给人家当枪使!"

章易之走后,小马来了,说:"周队长将群众发动起来了。老工人揭发了出卖周老大的人,从家属里头挖出了一个在裕明当过典狱长的老家伙。"冯超听了非常惊慌。突然电话铃响,冯超拿起话筒,对方说供应处要送重晶石来。他知道重晶石是压井喷不可缺少的材料,就马上阻止道:"够用了,不用往这送了!"打完电话,冯超听着外边的谈笑声,知道大势已去,就伸手抓起地上放着的棉纱,搞起了破坏。

五

章易之根据周挺杉井队的实践,重新拟了一个方案。在党委扩大会上讨论时，他说："要调集五十个井队，全部压上无名地，打这样几条大剖面，抱个大金娃娃。"华程让大家讨论这个新方案。人们都表示赞成。冯超突然跳出来说："帝国主义封锁，修正主义压迫，现在谈抱个大金娃娃，为时过早吧！我们实行了一条好大喜功的路线，必然得到劳民伤财的结果！"这话顿时引起一片愤怒声。华程忍着怒火说："你这是以突然袭击的方式，说出来了久经考虑的话！"冯超瞥了华程一眼又说："我们为什么会犯这样的错误，根本原因是听不得不同的声音。决策人物是些什么人？是扶刹把子的。"听了这话，人们气愤地纷纷站起来驳斥冯超。

周挺杉将拐杖一扔，怒不可遏地站起来说："一个国家要有民气，一个队伍要有士气，一个人要有志气。有了这三股气，封锁怕什么？扔原子弹怕什么？我们顶天立地地站着！"周挺杉继续说，"我们不拒绝外援，但是要维护自己的政治独立，根据自己的特点，自力更生地建设我们的国家。"华程接着说："这就是我们的路线。走这条路线，就是要靠党的领导，靠工人阶级。"接着，华程激动地说："团结其他劳动阶级，团结知识分子，一同艰苦奋斗！我们的人民不屈不挠，扶刹把子的工人有伟大的抱负。世界上没有任何力量能压倒我们，永远也没有！"

突然，外边传来井喷声，油娃匆匆跑来，把一团棉纱扔在桌子上说："打到高压油层，钻头被棉纱堵塞住了，我们在起钻的时候抽喷啦！"周挺杉告诉油娃，要快切断电源，注意防火。冯超却故作紧张地说："它真的喷啦？"周挺杉精神抖擞地说："它喷个落花流水才好哪！人没压力轻飘飘，井没压力不喷油。我们要的就是高压井啊！"

井场上，油、气、水、泥浆的混合物喷了出来，喷柱越来越高。许光发和油娃冒着井喷正在强行下钻。华程、周挺杉赶到井场。赵春生报告说，泥浆比重太低。周挺杉说："快加重晶石！"可是，供应处的重晶石被冯超回绝了，没有送来。

为了取得井喷资料，姚云朗跑向井口。由于天然气太多，她被熏倒了。魏国华赶紧把她抢救了出来。情势危急，战区做了紧急动员。一时间，救火车、卡车、水泥车、固井车一辆辆奔驰而来。人们拿着救火工具向井口奔去。周挺杉快步奔向配电房，突然发现一只颤抖的手要推电闸。周挺杉大喝一声："谁敢合闸！"那人一回身，原来是冯超。冯超垂死挣扎，用力合上电闸，大声狂叫："周挺杉，你们井毁人亡啦！"可是，电路早已切断。冯超未能得逞，吓得瘫倒在地。周挺杉把他揪出来，交给了民兵。这个当了敌人的走狗，出卖了周老大，隐藏了十多年的反革命分子，终于落入了人民的法网。

华程将周老大遗留下来的红袖标给周挺杉戴上，无限信任地说："袖标上有老一代石油工人的血，新的斗争更增添了它的光辉！老周，你指挥压井！"

井架逐渐倾斜，喷柱直冲天车。等重晶石已经来不及了。此时情况非常危急，如果不能迅速压井，就会出现井喷的危险事故。华程、周挺杉决定赶紧往泥浆里掺土加水泥。可是水泥倒进泥浆池里都浮在上面，不搅拌均匀，对压井全无作用。

"石油工人一声吼，地球也要抖三抖！"在这危急时刻，周挺杉飞身跃入泥浆池，不顾皮肤灼伤，挥动双臂，用力搅拌。许光发、油娃、秦发愤、赵春生等人紧跟着跳进泥浆池，奋力搅拌。刚搅拌完水泥，周挺杉又奔上井台，奋不顾身地强行下钻，喷柱直射在他脸上。头晕了，他没有休息，又挺起身来顽强战斗下去。

经过奋战，下钻终于成功。油管里原油喷射。三个构造模型中的小红灯全亮了。

广播喇叭发出了洪亮的播送新闻公报的声音："中国工人阶级奋发图强，自力更生，艰苦奋斗，我国石油产品基本自给。中国人

民用洋油的时代,一去不复返了……"火车站上,一列列长龙一样装着原油的列车,奔向祖国的四面八方。周挺杉和华程带着胜利的微笑,回想起许多往事。周挺杉望着气势雄壮的炼油厂,无限自豪地说:"离开'美孚',顶着现代修正主义的压力,我们这里是一片光明!"

影评选粹

画面粗犷·黑白对比

影片以20世纪60年代大庆石油会战为题材,紧紧围绕着"艰苦创业,到底是走自己的路,还是跟在帝国主义后面"拾人牙慧的原则性矛盾冲突,生动地表现了中国石油工人不怕压力,不怕困难,敢想敢干,艰苦创业的英雄气概。

影片在摄影、表演上都取得了较高的艺术成就。摄影师王雷的摄影，画面构图线条粗犷，能很好地注意配置重厚的前景，又利用了斜线透视，角度富有变化。镜头的运用朴素、稳重、简洁、顺畅，没有打断跳动。

在色带关系上，摄影师大胆地强调了黑白色彩的对比，如白茫茫的大雪原衬托钻机、井架等黑重的大色块，对比强烈，有重感，有力量。这些使影片形成了浑厚、凝重、激越、昂扬的基调，富有较强的感染力量。

精彩回放

在这部影片中，一场周挺杉制止井喷的戏着实让人印象深刻。导演将他飞身跃入泥浆池的画面拍摄得细致入微、气势磅礴、真实感人。

周挺杉飞身跃入泥浆池，不顾灼伤皮肤，挥动双臂，奋力搅拌。……刚搅拌完水泥，周挺杉又奔上井台，奋不顾身地强行下钻，喷柱直射在他脸上。头晕了，他没有休息，又挺起身来顽强战斗下去。

雷锋

党和毛主席就是我的再生父母，人民公社就是我的家。全中国到处都是我的家。现在我这里的家遭受了水灾，我有权利也有义务，来帮助我自己的家！

——雷锋为灾区捐款后表达自己的心声

影片档案

出品：八一电影制片厂
编剧：丁　洪　陆柱国　崔家骏　冯毅夫
导演：董兆琪
主演：董金堂　杨贵发　于纯绵

荣誉成就

1964年,电影《雷锋》上映后,从黑龙江到海南岛,从东海岸到黄土高原,电影主题歌《雷锋,我们的战友》代表了一种时代精神,被人们广泛传唱。

影片史料

20世纪60年代,在党领导人民战胜严重经济困难的过程中,社会各界涌现出许多英雄模范人物。雷锋就是他们中的一个杰出代表。雷锋在平凡的岗位上,勤俭节约,艰苦朴素,处处为国家利益着想。

雷锋全心全意为人民服务的奉献精神,教育了整整几代人,雷锋成为一个时代的楷模。"向雷锋学习"的热潮,极大地激发了广大群众建设社会主义的积极性,推动了全社会良好道德风尚的形成。

剧情故事

一

江边的悬崖旁,一棵棵挺拔的青松,如英勇威武的解放军战士一样守护着人民。突然,一辆卡车从远处飞驰而来,驶进营房大门。卡车停稳之后,雷锋从驾驶室里敏捷地跳了下来,然后迅速地钻到卡车底下修起车来。他的战友王大力听见汽车马达声高兴地跑出营房,开玩笑地问道:"出差回来带什么好吃的了?"翻开雷锋的挎包,却见挎包内全是捡的废品。大力埋怨他出差还捡废品。雷锋不以为然地说,哪里有就到哪里捡。这时,战士吴奎跑过来握着雷锋的手说:"吃完早饭,咱们一块儿上街去玩。"王大力说:"咱们一起去逛公园。"吴奎又补充道："咱们仨再照个相。"

公园里，雷锋、王大力、吴奎绕过花坛，踏着铺满细石子的路，悠闲地看着鲜花。湖边，一群系着红领巾的少先队员围成几个大圆圈，在跳集体舞。他们的动作变化多姿，像无数彩蝶在飞舞。雷锋、吴奎

和王大力站在一边，出神地观看着。这时，少先队员周大庆跑到雷锋三人面前，激动地说："解放军叔叔，和我们一起跳舞吧！"雷锋、王大力、吴奎愣了一下，尴尬地笑了。雷锋和蔼地说："不，我们只看看。"这时，李老师走过来，热情地说："我们的少先队员和同学们都喜欢和解放军同志一块儿玩。"王大力、吴奎连忙推辞说不会，李老师诚恳地说一块儿玩吧。王大力急欲脱身，转身指着雷锋说："他是我们的文娱组长，跳舞、唱歌、讲故事，他样样行。"雷锋来不及解释，只好答应了孩子们的要求。

音乐声中，雷锋和孩子们欢快地跳起舞来。跳完舞之后孩子们簇拥着雷锋走进湖边的亭子里，邀请解放军叔叔讲故事。男孩们要求他讲打仗的故事。雷锋抱歉地一笑，说："我没有打过仗。要不我给你们讲个战斗英雄黄继光的故事。"周大庆突然一下子抓住了雷锋的左手，顽皮地说："叔叔，差一点让你把我骗了，没有打过仗，这伤疤是从哪儿来的？"雷锋的左手不由得抽动了一下，只见手背上并列排着三条刀痕。雷锋无限沉痛地说："这是旧社会在我身上刻下的仇恨。"于是，他感慨地回忆起自己艰苦悲惨的童年生活。

"我出生在湖南的一个小农村。由于受万恶的旧社会的迫害，我的爸爸被日本鬼子打死了。十二岁的哥哥给资本家做工，累死了。

小弟弟在妈妈怀里饿死了。妈妈被地主的少爷逼得上吊死了。从此，家里就剩下孤苦伶仃的我。受生活所迫，幼小的我只得挑起生活的重担，拿起爸爸留下的柴刀，以砍柴为生。有一天，我上山去砍柴，回来路过地主家的大门口，地主婆说我砍的是她家山上的柴，要我把柴送到她家去。我不肯。地主婆就气冲冲地追上瘦小的我，用烟袋朝我的头上狠狠打去。我痛苦地捂着头，鲜血从指缝间流出。气急败坏的地主婆一把将我推倒，拿起砍刀，狠狠地朝我砍下去，顿时雪地上一片血迹。终于等到1949年，共产党把我从万恶的旧社会里解救出来，我开始了新生活。"

　　公园的亭子里充满了悲愤的气氛，同学们一片沉寂。孩子们有的在擦泪，有的还在抽泣。李老师擦了擦眼睛，激动地说道："同志，你的童年实在是太悲惨了！"

　　两辆汽车在公路上奔驰。王大力转动方向盘，汽车从公路拐向坑坑洼洼的小道。王大力让吴奎练习开车，并训导他说："光靠在教练场上训练驾驶技术，哪怕是再服役三年，也还得给人摇'摇把子'。"吴奎有些胆怯，怕上级知道后挨批评。王大力大大咧咧地说："怕什么？这是练本领，就是将来复员回到人民公社，也有一手好技术。"

　　于是，吴奎和王大力调换位置。吴奎把着方向盘向前开。汽车颠簸地走着，突然汽车的一只后轮陷入了泥坑。吴奎加大油门向后倒车。王大力用力推车。车后轮在泥坑里打转，而且越陷越深了。这时，公路上响起了喇叭声。雷锋跑到跟前问怎么回事。战士大粗气愤地说道："拿公家的汽油，给自己学本领！"王大力不服气地说道："我练好本领也是公家的。"雷锋严肃地说："回去再说。你先把车开过来，将车从坑里拖出去！"在大家的齐心协力下，大力他们的卡车终于从泥坑里被拖了出来。王大力恳求雷锋，让他别向上级汇报，怕影响了全班的"四好计划"。雷锋想了想，说："行，可是你自己得向上级汇报！"顿时，王大力像蔫了似的低下头去。

清晨，指导员和王大力在树荫下边走边谈。指导员严肃地说："你能主动汇报昨天误车的事，检查并认识到自己组织性、纪律性不强，这很好，可是你的认识还不够深刻。"王大力讷讷地说："我是想帮助吴奎同志提高驾驶技术。"指导员耐心地开导他说："提高技术是对的，可咱们练本领只能是为了完成保卫祖国的任务，要是离开了这个目的，心里还打着个人主义的小算盘，那就不对了。"王大力惭愧地低下头。指导员继续说道："要全心全意地为人民服务，咱可不能半条心为人民服务，半条心为个人主义打算呐！"王大力有所领悟地说："指导员，我错了！"指导员亲切地说道："好了，今后要好好地学习毛主席的著作啊！"

一个星期天，王大力从挎包掏出几本《毛泽东选集》的单行本和一个笔记本，嚷嚷着："谁把书放到我的挎包里了？"大粗不满地说道："这是雷锋给你买的，让你提高思想觉悟的。"大力对大粗的说话方式和语气非常不满，两人争吵了起来。吴奎解释道："你先别急，雷锋不是光给你一个人买了书，他给咱们全班都买了。"吴奎又指着王大力手中的本子说："不过，雷锋还给你多买了个笔记本。"王大力感激地看了雷锋一眼，拿起《毛泽东选集》，认真地学习起来。正在这时，指导员推门而入。他看到大家周末还学习《毛泽东选集》，感到非常高兴，便劝大家休息休息。他给吴奎捎来家里人寄来的汇款单后，走到得了感冒的雷锋面前，催促雷锋赶紧去看病。

建筑工地上一片紧张、繁忙的劳动景象。突然，喇叭里传来一个女同志焦急的声音："运输组的同志们注意！运输组的同志们注意！现在砖供应不上了，砖供应不上了。整个工地都有停工待料的危险。"正准备去卫生连看病的雷锋恰好听见了广播，决定先帮助工地解决砖块供应不足的问题。他从工地管理工具的老大爷那儿借来了一辆小推车，还和推小车的大个子进行比赛，看谁的小车跑得快。由于个子小、腿短，雷锋两步才抵得上大个子一步，因此，他几乎要用跑步的速度,才能和大个子工人的步子保持平行。

　　李老师追上雷锋,高兴地说道:"解放军同志,请把你的名字和部队番号告诉我。我是工地广播站的记者。"突然,她认出了雷锋。李老师激动地说道:"上次没顾得上问你的名字,你是哪个单位的,叫什么名字?"雷锋就是不说名字,撒腿追赶大个子去了。李老师又追上去问道:"同志,那就请你讲讲,你为什么来参加义务劳动?"雷锋边走边答:"为咱们的社会主义建设多添一块砖!"工地运输组在雷锋同志的带动下展开了热火朝天的劳动竞赛。虽然距离收工时间还有两个小时,但是已经百分之百地完成了今天的任务!

二

　　王大力穿过运动场,告诉指导员雷锋根本没有到卫生连去。对此,指导员感到非常迷惑不解。而此时的雷锋,冒着滂沱大雨在一条泥泞的小道上走着。前面不远处,一位老大娘撑着雨伞,背着包袱,拉着一个四岁左右的小孩,一步一步地往前挪步。突然,天空中传来一阵炸雷的巨响,小孩被吓得摔倒在地上大哭起来。雷锋急忙跑过来将小孩抱起,关心地问大娘要去哪里。当得知大娘要去二十多里路之外的朱家屯看望闺女时,他便故意说自己正好路过朱家屯,顺路给大娘捎个脚。雷锋一手抱起小孩,一手接过包袱,向前方走去。倾盆大雨下个不停,雷锋背着小孩在水里深一脚浅一脚地摸索着,还扶着老大娘走过独木桥。

　　当他们爬土坡时,由于雨大路滑,雷锋只好用手在坡上挖坑,拉着老大娘,艰难地向上爬着。小孩身上裹着雷锋的上衣,舒服地趴在雷锋背上,呼呼地睡着了。在雨幕和夜色之中,他们模模糊糊的影子,时隐时现地往前移动。终于来到了大娘女儿家,老大娘用力敲门。门开了,一个三十来岁的妇女喜出望外地喊道:"妈,三儿!"小孩扑上去抱住了妇女的腿。看着一家团圆的幸福一幕,雷锋微笑着悄悄退入漆黑的雨幕中。

　　四班宿舍的房门被慢慢推开，满身泥巴的雷锋蹑手蹑脚地走了进来。吴奎醒了，惊喜地喊了声："雷锋！"大粗和所有战士们都醒了。大家围着雷锋，问长问短。指导员把工地送来的感谢信递到雷锋面前，问他这是怎么回事。雷锋像认错似的低下了头，将整个事情的经过给指导员大致地讲了一下。王大力有些埋怨地问雷锋："你给工地推砖，为什么要说是我王大力干的，让人家工地敲锣打鼓给我送感谢信。我明明没干，你这是故意给我难看。"后来，经过指导员的解释，大家才明白了事情的原委。原来，王大力早上托雷锋带了封信。那封信让工地上一个看车的老头发现了，告诉了校长，于是校长就按着信上的地址和名字找到连队，误把大力当成了做好事不留名的雷锋了。接着，指导员问雷锋离开工地，又去了哪里。雷锋就将送一个老大娘到朱家屯的事情讲了一遍。指导员高兴地说："雷锋同志这种精神值得我们学习呀！"王大力望着衣服湿漉漉的雷锋，心情激动地从床上拿起自己的棉衣，轻轻披在雷锋身上。雷锋感激地握住王大力的手。

　　水流潺潺的小河边，王大力在一块石头上洗衣服。这时，雷锋走下阶石，蹲在王大力身旁，笑眯眯地说："我早就知道你对我那双袜子有意见，快给我。"王大力从坐的石板底下拿出一双袜子，晃了晃，想丢进河里。雷锋伸手去捉，王大力转身跳上台阶就跑，雷锋追了上去。王大力个子高，雷锋个子矮，够不到袜子，雷锋想了想，突然挠着王大力的腋窝说道："给不给？给不给？"王大力笑得坐在地上连连求饶，雷锋一把夺过袜子，拿到河里去洗。王大力说："雷锋，你这袜子都成千层底了，穿在脚上，也不觉得难看？你银行里存了那么多钱，为什么不买双新袜子？有时候上级发袜子，你还不领。这是为什么呀？"雷锋坦然地说："咱们革命军人的袜子是往脚上穿的，又不是摆给人看的，只要它不影响我出操、开车，我就让它继续为我服务。"王大力仍不甘心地说道:"那你可把它藏好,下回再让我碰见,我就把它消灭掉。"雷锋笑着拧干了袜子。

　　这时,周大庆过来邀请雷锋和他们一起去栽树。雷锋爽快地答应了。同学们热情地、快活地劳动着。周大庆对同学们说:"咱们请雷锋叔叔再给讲个故事。"同学们顿时欢呼起来。雷锋答应大家栽完树后再讲故事。周大庆忙着用手去挖土,突然有个东西刺了他一下,原来是一颗螺丝钉,他生气地准备扔出去。雷锋连忙制止:"别扔!你们不是想听我讲故事吗?那我就给你们讲段螺丝钉的故事。"于是,雷锋将自己和县委书记下乡的故事给大家讲了一遍。

　　"有一次,我跟县委书记下乡办事。我在跳泥坑时,不小心滑倒了。我气恼地朝地上踢去,不经意间碰到了一颗螺丝钉。县委书记从挎包里掏出毛巾,细心地将螺丝钉包好之后递给我,让我到拖拉机站送信的时候,顺便把它交给李站长。我迷惑不解地望着县委书记。县委书记慈祥地一笑:'你忘了,滴水成河,粒米成箩!要是咱们祖国人民看到螺丝钉都用脚踢,你算算,那会踢掉些什么?要是全国人民都用手捡,你再算算,那会捡来些什么?'"

　　看着孩子们都陷入沉思当中,雷锋启发说:"同学们,你们想想自己,在学习和生活里,有没有注意节约,不浪费一点儿东西?"周大庆说:"叔叔,我要永远记住你这个故事!"就在这时,吴奎气喘吁吁地跑来,找到雷锋,告诉他王大力他们村发大水了,王大力的妈妈也病了。当得知还没有把这件事汇报给上级的时候,雷锋急忙拉着吴奎跑回连队,将消息汇报给连部领导。

　　营房大门外,停着一辆满载物资的卡车。指导员对雷锋和王大力说:"这车物资是咱们全团同志送给灾区人民的,你们下午送到,晚上赶回来,明天还有任务。"然后,指导员笑着对王大力说,"我向上级请示了一下,决定让你顺便回家看看,给你三天假。"顿时,王大力热泪盈眶,感激地握住了指导员的手。

运货途中，雷锋发现公路旁边停着一辆抛锚的公共汽车，乘客们正焦急地围在四周。司机告诉雷锋，轮胎爆了。雷锋热情地让司机换上自己车上的备用胎。公共汽车内，一位老年乘客对另一乘客念叨着："刚才那个解放军同志，每逢过年过节就来我们公社参加义务劳动！"一个干部乘客也自言自语："那次我到沈阳，在火车上，他当义务列车员，给旅客们端水扫地。"

雷锋他们的卡车快抵达灾区时，突然熄火了，停在了滚滚的洪水中。驾驶室内，雷锋紧张地踩启动器，拉油门，车还是发动不起来。于是雷锋从王大力手中抢过摇把，迅速脱下鞋袜跳下水去摇摇把。车内的王大力感到踩着了什么，低头一看原来是雷锋那双破袜子。车发动了，雷锋拿着摇把回来，从大力手中抢回袜子。王大力拿出一双新袜子，真诚地劝说："你把它扔了算了，我给你买了双新的。照着你的脚买的。"雷锋高兴地说："你先保存着，等咱们全班的同志都成了五好战士以后，我一定穿你的。"说完，雷锋坦然地将破袜包好，装进挎包，推动了操纵杆。

卡车停在了防汛指挥部门口。雷锋和王大力帮着卸车，搬物资。梁主任好心地将他们拉到办公室，让他们休息。雷锋坐下，喝了口水，环顾屋内无人，从口袋里掏出一封信，放到桌上的报纸下面，然后走向门口。助理员收拾桌上的报纸时，发现了一封信：捐给灾区人民（内有一百元），解放军战士。

梁主任跑出指挥部，拦住了刚发动起来的卡车，诚恳地说："同志，你送来的物资我们收下了，你对灾区人民的心意我们也收下了，可这个我们不能收。你一个月只有六块钱的津贴费，积存一百块钱不容易呀，你自己留着花吧。"说着，他把钱塞进雷锋的口袋里。雷锋诚恳地说："不，首长，我们连队的生活很好。"梁主任坚决地劝说着："要不把它寄回你的家去。"雷锋一时不知如何回答了。梁主任愕然地说："你没有家？"雷锋热泪盈眶："不，我有家，党和毛主席就是我的再生父母，人民公社就是我的家。全中国到处都是我的家。现在我这里的家遭受了水灾，我有权利也有义务，来帮助我自己的家！首长，这一百块钱，请你无论如何也要收下。"雷锋再次从口袋里把钱拿出，交到梁主任手里。他深厚的阶级感情和至诚之心感动了梁主任，梁主任只好将钱接了过来。

　　这时，助理员跑来告诉梁主任，在办公室又发现了一个纸包。纸包里是一双补丁累累的袜子。梁主任看看袜子，又深情地看着雷锋，感动地说："你就穿着这样的袜子，却捐献出了一百块钱！"雷锋诚挚地说："首长，请你把这钱收下吧，做父母的怎么能不接受自己儿子的一片心意呢？"梁主任一手托着袜子，一手托着一百元人民币，感慨万分："雷锋同志，这一百块钱我们收下了，这双袜子也留给我们吧。"他转向大家说："同志们，这不是一百块钱和一双千缝万补的袜子，这是一笔巨大的精神财富！雷锋同志，作为一个老战士，为有你这样的接班人，我感到骄傲！"雷锋高兴地说："首长，我还有任务，我走了，再见！社员同志们，再见！"梁主任和群众热情地向雷锋招手告别。

三

　　王大力回到家里，拿起母亲烙的饼子狼吞虎咽地吃起来。大力娘笑盈盈地戴上眼镜，继续做花。大力劝说母亲，要好好休息。大力娘乐呵呵地说："没事，有公社的关心，有你的孝顺，有病也不怕。那天，我一接到你寄来的那二十块钱，我这病就好了一半。"王大力愣住了，心想：他没有给家里寄过钱啊？大力娘疑惑地从炕席下拿出信，只见信上写着：

　　亲爱的妈妈：

　　　　来信收到了，知道家中发水，您又生病，现寄回二十元钱，请收下。

　　　　　　　　　　　　　　　　　　您的儿子

王大力热泪盈眶地告诉娘，寄钱的人是自己班上的同志，叫雷锋。他心中充满感激之情，毅然到堤坝上帮助人们抗洪去了。

返回部队的日子到了。王大力买了车票，走进公共汽车站。公共汽车即将开出，乘客们排成一行陆续登车。突然，一个抱着孩子的大嫂慌张地说："我的车票不见了！"王大力了解了大嫂要去张家屯的情况后，跑到售票窗口买了一张去张家屯的车票，将车票交给了大嫂。乘务员敬佩地问他叫什么名字，大力谦逊地说："我是解放军战士。"

车厢里，王大力坐在座位上，眺望着外边飞去的田野。这时，两个乘客看着报纸，交谈着雷锋去世的消息。听着他们的谈话，王大力惊讶地探头望去。只见报纸上醒目的黑体大字：

永生的战士——雷锋

雷锋同志因公牺牲……

字迹变得模糊起来了，悲痛绞着王大力的心，热泪忍不住夺眶而出。

连队俱乐部内，庄严肃穆。雷锋生前的战友端坐在椅子上。一名解放军中校持"雷锋班"红旗，两名军官捧着雷锋遗物，走到指导员面前站住。指导员敬礼，中校授旗。指导员接过"雷锋班"红旗，严肃地凝视着前方。中校拿过雷锋的枪，授予大粗。大粗紧紧地握着雷锋的枪。中校拿起红领巾，授予吴奎。吴奎自豪地捧着红领巾。中校拿着雷锋学习过的《毛泽东选集》，授予王大力。王大力珍重地捧着《毛泽东选集》。

礼堂内，着装整齐的解放军官兵庄严宣誓：向雷锋同志学习！

小礼堂内，雷锋生前的战友专注地学习毛主席著作。王大力在驾驶室内认真学习毛主席著作。《毛泽东选集》中许多眉批，都是雷锋生前写的。王大力翻到《为人民服务》篇，雷锋曾在眉批上写着：人的生命是有限的，可是，为人民服务是无限的。我要把有限的生命，投入到无限的为人民服务之中去。

雷锋同志是中国家喻户晓的全心全意为人民服务的楷模和共产主义战士。他作为一名普通的中国人民解放军战士，在他短暂的一生中助人无数。伟大领袖毛泽东于1963年3月5日亲笔为他题词"向雷锋同志学习"，并将3月5日定为学雷锋纪念日。"雷锋精神"激励着一代又一代人为了建设美好的新中国而艰苦奋斗。

精彩回放

《雷锋》这部影片中描述雷锋给防汛指挥部悄悄留下捐款的场景非常感人。

梁主任从纸包里拿出一双补丁累累的袜子。梁主任看看袜子，又深情地看着雷锋，感动地说："你就穿着这样的袜子，却捐献出了一百块钱！"雷锋诚挚地说："首长，请你把这钱收下吧，做父母的怎么能不接受自己儿子的一片心意呢？"梁主任一手托着袜子，一手托着一百元人民币，感慨万分："雷锋同志，这一百块钱我们收下了，这双袜子也留给我们吧。"他转向大家说："同志们，这不是一百块钱和一双千缝万补的袜子，这是一笔巨大的精神财富！雷锋同志，作为一个老战士，为有你这样的接班人，我感到骄傲！"

导演通过将雷锋对自己的"抠门"——舍不得花钱买袜子，与对国家、人民的"奢侈"——为灾区人民捐助一百元钱做对比，非常形象地为观众清楚地辨别了"抠门"与"无私"，"国家利益"与"个人享受"之间的区别，给人留下了深刻印象。

李四光

> 我想我得了学位,应该为自己的祖国服务。
> ——面对恩师的真诚挽留,李四光执意回国

影片档案

出品:北京电影制片厂
编剧:张暖忻 姚属平 李 陀
导演:凌子风
主演:孙道临 俞 平 王铁成

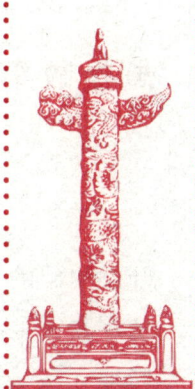

荣誉成就

1979年，该影片获中国文化部优秀影片故事片奖。

影片史料

1907年，陕北延长第一口近代油井出油。1914年，美孚石油公司与北洋政府签订了《中美合办油矿合同》，随后成立了"中美油矿事务所"，决定共同勘探开发延长等地的油矿，但收效甚微。美孚石油公司的顾问、地质学家据此认定中国是个贫油国，不大可能进行大规模的石油开发工作。1922年，斯坦福大学教授布莱克·威尔德在《中国和西伯利亚的石油资源》一文中，给出了"中国贫油"的结论。这一论调还得到了西方许多地质学家的赞同和中国一些地质学家的附和。李四光根据自己的地质力学理论，在1928年发表文章指出："美孚的失败不能证明中国没有油田可以生产。"

20世纪50年代中期，根据李四光的部署，新中国展开了战略性的石油普查勘探。国庆十周年前夕，石油部在松辽盆地的松基三井喷出了工业油流。大庆油田的开发让中国摘掉了"贫油"的帽子，也使李四光的地质力学理论得到有力的证明。

剧情故事

一

深夜，著名地质学家李四光筋疲力尽，伏在案头睡着了。为了开发祖国的宝藏，李四光已经奋战了几个昼夜。妻子许淑彬走过来，坐在椅子上，担心地看着自己的丈夫。怕丈夫的身体出问题，她不安地守在一边。

不知过了多久，李四光手中的笔掉在桌上，他从睡梦中醒过来。许淑彬嗔怪道："仲揆，你还记得你过去说过的话吗？"李四光很不解。许淑彬深情地说："你说过，六十岁以后，就不搞研究了，跟我一块儿好好过日子。"

李四光抬起头，望着妻子，显然，妻子的话深深触动了他。他用手摸着许淑彬的白发，感慨地说："没想到，我们都这么老了。"顿时，他想起了一些往事，想起了这几十年来自己所走过的曲折路程。

1917年，李四光通过几年的努力，于英国的伯明翰大学毕业，获得了硕士学位。在一次隆重的仪式上，李四光从鲍尔顿教授的手中接过硕士证书。仪式结束后，鲍尔顿教授对他说："我真不希望你离开英国……有位朋友从印度来信，让我推荐一位矿业工程师，他们愿意给予优厚的待遇，如果你愿意的话……"

李四光向鲍尔顿教授表示了真诚的感谢之后，婉拒了鲍尔顿教授的好意，因为他满怀着一颗救国之心，誓将自己的知识献给祖国。他深情地说："我想我得了学位，应该为自己的祖国服务。"

告别了国外的朋友之后，李四光踏上了归国的航程。此时的李四光怀着远大的抱负、满腔的热忱，对他来说，光明的未来即将到来。回到祖国后，李四光就任北京大学地质系教授，专门讲授地质学。

在课堂上，李四光让同学们谈一谈对地质学的认识，同学们陆续发言。有的说学了地质，可以从事找矿，采矿，开发地下宝藏。有的说我们中国太落后了，必须提倡"德先生""赛小姐"。

这时，曾在北大工作过的凌子骞以及农商部特聘的外国顾问詹姆斯，被李四光和学生的问答吸引过来，詹姆斯问"德先生"和"赛小姐"是什么意思。凌子骞告诉他，指的就是民主与科学。

凌子骞和詹姆斯走进教室，李四光和同学们的讨论停了下来。凌子骞介绍詹姆斯和李四光认识。詹姆斯想对同学们说上几句，李四光做了一个"请"的姿势，他侃侃而谈："诸位记得维克多·雨果说过的一段话吗？火药、指南针、造纸、印刷术都是中国人发明的……"

"它们一传到西方，就飞速发展起来，可是在中国……"詹姆斯的得意之情溢于言表，他接着说，"几千年来，它始终保持在一种最原始的状态。中国真是一个保存胚胎的最好的酒精瓶。"李四光沉思了片刻，回说："可是，詹姆斯先生，打碎这个酒精瓶的时候已经到了。"

为了验证自己的话，李四光带着同学们去野外实习。他们跋山涉水，风餐露宿，为采集地质标本不畏艰辛地工作着。李四光亲力亲为，用理论联系实际的方法教导着同学们。

在一次地质勘探中，李四光挖到了一块擦痕石，他兴奋地指给同学们看。同学们好奇地围了上来，李四光用水洗净了石头，解释说："看，条痕多清楚，一块典型的冰川条痕石。"郑森、吴焕明等同学认真地听着。李四光继续说："过去很多外国地质学者到中国考察，都断言中国在第四纪不存在冰川，现在看来，他们的结论未必正确。"

野外实习结束了，同学们乘火车返回学校。在车站上，一群败兵冲上火车，他们粗鲁地轰赶乘客："都下去，走走走，快走！"乘客们蜂拥而下，败兵强占了火车。李四光严肃地对败兵说："你们这些人怎么蛮不讲理？"败兵回答："这车我们征用了，老子要回家！"

郑森等同学簇拥着李四光离去，学生们议论纷纷："太不像话了！"吴焕明走下车，一个败兵抢过他的地质包，以为里面有贵重物品，硬是抢走了。吴焕明非常气愤，夺过郑森手中的擦痕石就要砸，郑森急忙阻拦。吴焕明悲愤地说："这年头，要这个有什么用？"

火车站的经历，让李四光愤怒异常。他回到学校，借着小提琴发泄心中的愤懑。住在隔壁的中文系教授宋雪涛听到琴声，向窗边走来。宋夫人对宋雪涛说："雪涛，真是秀才遇见兵了，你去看看仲揆。"

宋雪涛来到李四光家，特地送上亲笔书写的条幅，只见上面写着屈原的诗句："路漫漫其修远兮，吾将上下而求索。"李四光感激地说："谢谢你啊，雪涛！"宋雪涛劝慰着李四光想开点，但李四光依然心绪难平。宋雪涛说："明天有个音乐会，咱们一块儿去散散心吧！"李四光勉强答应了。

第二天，两人来到音乐厅。舞台上，许淑彬愉快地弹奏着钢琴曲。迷人的音色，优美的旋律，让听众们深深陶醉了。李四光认真地听着，渐渐忘却了烦恼与忧愁。他禁不住问宋雪涛这位女士是谁，宋雪涛回答说："许淑彬，我们很熟，是位很有才学的女士。"

散场后，李四光、宋雪涛和许淑彬从舞台后门走出来，宋雪涛介绍李四光和许淑彬认识。李四光激动地问："许小姐刚才弹的曲子是谁的作品？"许淑彬有些不好意思地说："是我自己学着写的，我把它叫《奋斗曲》。"

从此以后，李四光经常造访许淑彬，在她家的客厅里，两人用小提琴曲和钢琴曲合奏美妙的曲子。琴声表达了两人的感情，琴声使他们惺惺相惜。共同的兴趣，远大的理想，使两人幸福地结合在一起。当他们穿着结婚礼服走下台阶时，朋友们纷纷向他们送上了最诚挚的祝福。

二

结婚以后的生活很美好，李四光和许淑彬举案齐眉，琴瑟和鸣。当然，偶尔也会有小摩擦。这日，李四光亲自下厨，犒劳心爱的妻子。因为口味太淡，许淑彬有些吃不下去，李四光连忙说："那就加点酱油。"说着，便走进厨房，拿起酱油瓶。

这时，一位工人师傅走进来，递给他一块岩石磨片，说："李先生，您要的磨片磨好了。"见到化石磨片，李四光走到书桌旁，把酱油瓶放在桌上，忘记了许淑彬还在等着他，认真地研究起来。

许淑彬等不到酱油，就过来察看，见李四光早已埋头书桌，认真研究着石头，不由得感到十分苦闷，转身走进卧室，生气地躺在床上。时间一分一秒地过去了，时钟已指向 8 点 20 分。李四光这才猛然想起刚才的事，连忙站起来，拿起酱油瓶走进餐室。

饭桌前早已不见妻子，李四光又赶到卧室。进去一看，床上放着一堆石头。李四光顿时愣住了。之后，他便焦急地寻找妻子，但一无所获——妻子不愿见他了！

时间一天天地过去了，妻子依然没有回来。一天，在上班的路上，宋雪涛对李四光说："这样下去可不行啊！"李四光无奈地摇摇头。两人路过布告栏，上面贴着一张布告，是今天李四光要宣读的一篇论文，题目叫"地球表面形象变迁的主因"。

在一间梯形大教室里，李四光开始宣读论文："……根据以上的材料，我得出这样一个看法，今天地球的表面形象是在漫长的地质年代中，海水和大陆块在水平方向上发生有规律运动的结果。"

詹姆斯、勃朗、凌子骞等人认真地听着。李四光继续讲解道："那么是什么力量引起这种运动的呢？我认为，是地球自转速度的变化，所产生的一种水平推力。"这时，台下有人议论纷纷，郑森不安地看着周围。

教室门口，教授和学生走下台阶，他们议论着李四光的论文，教授说："从这方面研究大地构造，我从来没听说过。"郑森从会场走出来，看到了刚才没有听完就跑出来的陈亚宗。郑森问他有什么意见，陈亚宗不以为然地说："李先生可真是曲高和寡啊！"

这时，会场上响起了掌声，李四光已将论文宣读完毕。会议主持人走上讲台，请大家发表意见。詹姆斯傲慢地说："李教授的见解，引起了地质界同行的很大震动，不过我想，我们还是应该对于过去学者们的学术成就保持冷静的态度……当然，李教授的见解，我欣赏这种不平常的勇气。"

时任地质学会会长的凌子骞看了看周围，说："近几年，我由于在政府任职，对地质界的朋友们疏远了，但是对地质科学的发展，我还是很关心的。我感到立论非凡，独辟蹊径。只是处在科学落后的中国……不过，仲揆先生的勇气，还是令人钦佩的。"

论文宣读会结束了，詹姆斯、勃朗和凌子骞一同走出教室。勃朗对凌子骞说："李四光的这篇论文，是对传统大地构造学的挑战。现在，你遇到了一个强大的对手啊！"凌子骞听了，笑笑说："哪里，我和李四光是好朋友。中国有句古话'后来居上'嘛。"

空旷的教室里，听众已经走完，只剩下李四光在整理讲稿。突然，李四光看到在一个角落里还坐着一个人。仔细一看，竟是妻子许淑彬。许淑彬从椅子上站起来，向前走去。李四光激动地迎上去。两个人和好如初，许淑彬对丈夫表示出了谅解和支持。

故宫神武门街道上，吴焕明、郑森、陈亚宗三人边走边聊。陈亚宗问："就要毕业了，你们二位有什么打算？"郑森反问道："你呢？"陈亚宗回答："我准备到美国去留学。"说着，便鼓动郑森和他一起去。郑森拒绝了，他想跟着李老师。

吴焕明来到李四光家，向他表明了离开北京的意图。李四光问他去哪儿，吴焕明回答说去广州。李四光走到他的面前说："也许你是对的。"就这样，吴焕明告别了自己的恩师。

转眼来到1931年，这是民族灾难深重的一年。日本帝国主义侵略中国东北地区，全国各地爆发了声势浩大的抗日运动，震天动地的口号响彻遍野："反对不抵抗主义！""收复东北失地！"

此时，李四光已经迁到南京，在"中央研究院"工作。一天，他正送女儿小熙芝上学去。一辆黑色轿车驶过来，停在了"中央研究院"的门口，研究院的总干事杨杏佛从车里走了出来。

两人一阵寒暄，小熙芝高兴地告别了他们。这时，看门人从门房里走出来，交给杨杏佛一封信。杨杏佛拆开一看，除了信纸，还有一颗子弹。杨杏佛笑着说："这是蒋先生送我的礼物！"李四光轻蔑地说了一句："真是流氓！"

云雾缭绕的庐山上，陈列馆已经竣工了，"地质陈列馆"的牌子挂在门上。条件虽然艰苦，但李四光和同事们依然兢兢业业地工作着，并且在庐山五老峰发现了第四纪冰川的遗迹。

陈亚宗美国留学归国后，拜访了凌子骞。凌子骞不无夸张地说："这次你在美国深造了几年，回国以后在地质界定会大有作为啊！"陈亚宗不好意思地说过奖了。凌子骞试探性地问陈亚宗以后的打算，陈亚宗表示不想跟着李先生了，他的奇谈怪论在欧美都没有立足之地。

"在美国听说李先生在庐山发现了大量冰川遗迹,还建立了陈列馆,"陈亚宗接着说,"詹姆斯先生他很关心,在我回国时,他表示,如果有机会,他想约几位国际上知名的地质学家来庐山参观。"凌子骞爽快地答应道:"好哇,用中国地质学会的名义邀请他们来,可以进行学术性的讨论。"

庐山上,李四光特地邀请了部分中外专家前来探讨,詹姆斯和凌子骞也在其中。李四光对专家学者们说:"经过几年来在庐山的实地考察,我们在庐山发现了大量冰蚀地形,可以说,在庐山遍地都有冰川遗迹。"

李四光来到一块大石前对中外学者说:"请大家看,这是漂砾,如果不是冰川,那么是什么力量把这块巨石送到上面去的呢?"众人向漂砾周围散开,仔细观看着。在事实面前,李四光得出结论:中国在第四纪存在过冰川,还可以划分为鄱阳、大沽、庐山三次冰期。

得出这样的结论,凌子骞和詹姆斯非常不快,勃朗上前来假惺惺地道贺。李四光礼貌地表示感谢。在望江亭休息时,詹姆斯直接对李四光的观点表示质疑,他坚持认为中国在第四纪属于一种干热气候,根本没有发生冰川的可能。

李四光没有急于争辩,他思考了一下说:"詹姆斯先生所认为的中国第四纪的气候是干热的,主要原因是因为那些地质学者没有在中国发现冰川遗迹。所以,詹姆斯先生想用没有在中国发现冰川遗迹的人的结论,来否定中国冰川的存在,那岂不是本末倒置了吗?"

听到这里,凌子骞站起来说:"几百年前,地质学界的火成派和水成派,在苏格兰爱丁堡的小山上展开了激烈的辩论,最后双方用拳头收了场。而今天我们,谈得既热烈又融洽,关于中国第四纪是否存在冰川,这是一个重大问题。既然大家有不同看法,那就暂缓公之于世吧。"

回到陈列馆，李四光气愤地对大家说："我这个人真是太书生气了！我还以为所有的科学家都是尊重事实，愿意探求真理的。谁想到，有些大名鼎鼎的科学家面对摆在他们面前的事实，竟然想千方百计地加以抹杀。为什么？就为了维护他们自己的权威！"

为了进一步开展研究工作，李四光决定把办公地点搬到庐山上来，并在这里扩建冰川陈列馆。他亲自设计图样，还和郑森做成了陈列馆的模型。李四光的女儿小熙芝也拣来了一书包石头，表示支持爸爸的研究工作。郑森忍不住笑着说："老师，您真是后继有人了！"

但是，研究工作进行得并不顺利，一个国民党军官打破了李四光的计划，他跑来宣布："鄱阳湖这一带已被国防部征用，要训练海军，您的这些陈设和这些石头必须立即搬走，房子马上炸掉！"

三

李四光气愤到了极点，他狠狠地骂道："你们疯了！"但面对现实，他只能眼睁睁地看着国民党士兵搬来一包包炸药。随着军官口中的哨子声，两个工兵按响了起爆器，霎时间，一阵巨响，陈列馆瞬间变成了一片废墟。

李四光悲愤极了，站在雨中望着面前的废墟，痛苦，绝望，心都要碎了！许淑彬打着伞走来，把伞遮在李四光的头上，告诉了他一个不幸的消息："杨杏佛在上海被刺了。"李四光简直不敢相信，他接过许淑彬手中的电报看着，随后惊愕地抬起了头。

陈列馆被炸，经费又没有了着落，研究人员的生活都有了困难。李四光只好派郑森到重庆跑一趟。郑森临走时对李四光说："老师，放心吧，我一定千方百计把经费领来！"李四光回答说："我们在贵阳等你，你一路保重！"郑森告别了李四光。

李四光一家来到了贵州的小镇，他们的生活越来越艰难，但李四光并没有忘记自己的研究工作，他依然在简陋的研究所里忙碌着。小熙芝经历了战火纷飞的年代，懂事的她知道爸爸的工作是如何劳累。所以妈妈熬好了豆浆，她就亲自送过来，一定要看着爸爸喝了才放心。

一天，李四光来到街头小市，看到旧书摊上有一本《楚辞》，顿时被吸引住了。翻开第一页，上面有"宋雪涛"的印章，李四光就对卖书的小孩说："这是你们自己家的书吗？"小孩回答说："是。"

得知宋雪涛就在附近的小酒馆喝酒，李四光急忙赶过来。宋雪涛此时也是穷困不已。他带着李四光离开了酒馆，来到自己的家。宋雪涛的儿子也在，李四光问："你妈妈呢？"孩子悲伤地回答："长沙大火烧死了。"

看到老友身处绝境，李四光真是肝肠寸断。他再三劝导着宋雪涛要着眼于未来。宋雪涛迷茫地问未来在哪儿。李四光无言以对，也不知道该怎样才能分担老友的痛苦。李四光回到家，心情久久不能平静，他也不知道未来究竟在哪儿。

在此期间，郑森已经到达重庆，见到了凌子骞。此时，凌子骞已经是高官厚禄，陈亚宗也早已追随于他。凌子骞和陈亚宗都劝说郑森留在重庆，搞科研工作，并担任重庆大学的地质系主任。郑森想都没想就拒绝了。

拿到了经费，郑森就乘车往回赶。汽车开到了一个路口，遇上了国民党军队。他们以搜查为名，把经费洗劫一空。在争执中，国民党兵的枪托打伤了郑森的胸部，郑森口吐鲜血。等他赶到李四光家里时，已经奄奄一息。

郑森痛苦地对许淑彬说："师母，我跟老师已经20多年了，我们一起爬过多少山，今后，我再不能跟他一块儿爬山了……"许淑彬和小熙芝悲伤地流下了眼泪。

等李四光领着学生从野外实习回来，郑森已经离开人世。李四光悲痛欲绝。郑森为祖国的地质事业献出了自己的生命；郑森热爱地质事业，孜孜不倦地工作和学习，这一切，已经成为遥远的回忆。

现在，李四光唯有用工作来寄托对郑森的哀思。见丈夫通宵工作，许淑彬心疼不已。她端来一杯牛奶，劝说丈夫好好休息。李四光想到还有一堂课，便拿起讲稿，匆匆下了楼。不料一阵头晕，他摔倒在石板路上。

李四光太累了，许淑彬安排他在家休息一段时间再去上课。这天，凌子骞来到李四光的家里。这次前来，他负有特殊任务。他对李四光说：“蒋先生要我来看看你，他素来是非常器重你的，他后天要举行一个宴会，特别邀请你去参加。”

李四光拒绝参加这个宴会。凌子骞表示蒋介石有意请他出任教育部长。李四光说这顿饭就更不能去吃了。凌子骞见拗不过李四光，面露难色，许淑彬打圆场说：“凌先生，您办事素来是很练达的，这点小事，您替我们解释一下不就行了。”

几天后，吴焕明也来游说。他还邀请一个人来，这个人是周恩来。李四光对周恩来的到来感到很惊讶，不知该说什么好。周恩来亲切地向他问好。

交谈中，周恩来问李四光：“听说蒋先生要拉你在他的名流内阁里当一名部长，被你一口拒绝了？”李四光笑着说：“我不会上他们的当！”周恩来听着，接着又说：“从校场口事件可以看出，蒋介石是一定要打内战的，我考虑李先生是不是考虑离开这里，到国外去躲一躲？”

许淑彬拿出一封信来，说：“仲揆刚好接到国际地质年会的邀请书，请他去伦敦。”周恩来非常赞同：“我看这个机会就很好嘛。李先生，你去英国有什么困难，可以找吴焕明同志。我相信，我们不久就会见面的。”李四光爽快地答应了。

1943年，李四光一家来到了伦敦，会见了鲍尔顿教授。此时，鲍尔顿教授已经有八十多岁高龄。鲍尔顿对李四光说："你在地质年会的报告，在世界地质界引起了轰动，我非常高兴……但是你的祖国真是不幸，世界战争过去了，可是中国还在内战。"

李四光望着祖国的方向，充满信心地说："我相信这次的战争会给灾难的中国打出光明来！"

果然，李四光的预言成真。光明终于来到了！新中国成立了！李四光在报纸上看到了这个特大喜讯。

李四光激动不已，许多外国人都向李四光一家道贺。新政协就要召开了，李四光接到了会议的邀请，准备启程回国。这引起了国民党驻英使馆的恐惧。国民党"大使"和凌子骞秘密策划，想阻止李四光返回祖国。两人挖空心思，想出一个主意。

他们想让国民党使馆"一秘"的女儿监视李四光的女儿，这样李四光就不会丢下独生女儿回国。不料"一秘"的女儿不愿干这种勾当，她把消息透露给了熙芝，熙芝赶紧告诉了爸爸。至此，"大使"的阴谋被揭穿了。李四光一家顺利地踏上了驶向祖国的轮船。

回到祖国后，李四光被任命为地质部长。当时祖国刚刚解放，石油供应比较紧张，李四光召开会议研究石油问题，会上他和苏联专家产生了分歧，这引起了大家的热烈争论。有人对李四光的理论表示怀疑。为了证实自己的看法，李四光亲自带队进行实地勘测。

已经当上地质部副部长的吴焕明，看到了反对李四光的言论，他并没有透露给李四光。李四光的工作又陷入了尴尬的境地，他召集一批年轻人筹建实验室，但没想到实验室竟是地下室。但是李四光并没有气馁，就在这间地下室里，他亲自参加实验工作。

一天，陈亚宗来找李四光，要求调动工作。李四光劝他说实验室刚建成，正需要他。但陈亚宗坚持要走。原来，他看到李四光和苏联专家意见不一致，怕自己跟着李四光工作受苦，便要求调离。最终，李四光同意了。

许淑彬听说苏联专家与李四光的理论不合，无奈叹道："又是你的地质力学！"接着，她提醒李四光，大家看他的眼光怪异，大家都在搞传统地质理论，而他只专注于地质学。许淑彬关心地再三提醒丈夫，不要落得身败名裂。李四光听后非常苦闷。

李四光的身体大不如前了。他来到杭州疗养院疗养。疗养期间，他常常反躬自问："说我的观点不合潮流，合潮流就是正确的吗？哥白尼的时代毕竟过去了，井底之蛙也应该让它叫几声吧！"

周恩来总理来看李四光了，李四光一家热烈欢迎。周总理风趣地说："我是偷偷溜来的。我陪外宾来参观，得了一点空，就来看看你们。"周总理询问李四光的身体情况后，说，"听说你对我国的石油远景有独特的看法，今天能不能对我讲一讲？"

没想到周总理这么重视自己的理论，李四光很惊讶，他慢慢地把自己的想法告诉了总理。李四光仔细讲了自己的理论后，说："在地质界，我是个少数派。"周总理说："我尝过当少数派的滋味，压力常常很大，但为了坚持我们所认识的真理，就要有勇气做少数派。"

对于总理的理解和支持，李四光非常感动。最后，周总理离开时，对李四光说："李老，你对石油的意见很好，我要向毛主席汇报。在石油问题上，地质部长这样乐观，中央也就有信心了！"

之后的日子里，李四光离开了疗养院，回到北京，投入到了紧张的工作中。一天，秘书激动地向他报告："中央决定，石油普查队伍向东部转移了！"不久，油井一个个被陆续打出来。原油滚滚而出，冲出井口，射向天空！

石油战线的伟大胜利，使中国终于可以摘掉贫油国的帽子了！

老朋友们纷纷赶来向李四光道贺。此时，宋雪涛已经回到北大教学，还连续出版了新著。大家为李四光，为宋雪涛，也为各人的出色工作表示祝贺。

在开采石油的胜利声中，传来一个不幸的消息：邢台地区发生了强烈地震。此时，已经八十多岁的李四光正在医院休养。得到这个消息，他不顾年迈的身体，亲自去往灾区进行调查。

李四光来到邢台灾区，他总觉得心里有愧，埋怨自己没有把地震预报工作尽早提出来，尽快解决，使国家和人民遭受这么严重的灾难。回京后，李四光立即召开会议，他说："地震工作我们抓晚了，这么大的惨重损失，我们有责任。"

几十年的岁月，在李四光的头脑里一幕幕地掠过。他看着苍老的妻子，不由得感叹说："想不到，我们都老了！"

无论何时，李四光总想着自己的工作，想着还有多少工作要做。新的科研项目无穷无尽，但他最不放心的就是地震预报。

他把所能想到的都记录了下来。是啊，工作是没有尽头的。李四光感到一生有做不完的事。他决心要在有限的生命里，继续向科学海洋进军，用最大的努力、最大的毅力去完成更加艰巨的任务。

影评选粹

史实与艺术加工·史实与人物统一

影片形象地展示了著名地质科学家李四光为祖国的进步献身于科学，不断探索真理的奋斗过程。影片充分体现了老一辈科学家的爱国热忱和百折不挠、艰苦奋斗的可贵精神，为广大知识分子和青少年树立了光辉的榜样。

作为人物传记片，该片在人物真实的经历基础上进行了艺术虚构。片中简练而又有重点地展现了李四光在地质力学方面的卓越建树，以及他在理论开拓和实践运用上的巨大成就；同时，又成功地再现了李四光这位有血有肉的人物形象，展现出了他的个性、气质以及思想感情。

影片导演将主要人物放到了旧中国的时代背景下。只有在那样的时代背景中，才能做到历史真实和人物形象的统一，揭示人物发展的内在必然性。

精彩回放

影片导演将主要人物放到了旧中国那样的时代背景下，并且着眼于人物的感情，以细节来反映人物的感情波动。如表现李四光婚后的感情波折时，通过许淑彬在床上堆满石头的细节，反映了李四光专心于事业，不能时刻体贴妻子的境况。通过"真情"与"诗情"相结合，实现了用浪漫抒情笔触去表现人物感情的形式。

惊涛骇浪

这里没有爸爸，只有军长。
——面对儿子，张子明的语气很坚定

影片档案

出品：八一电影制片厂
编剧：柳建伟
导演：翟俊杰
主演：巫　刚　宁　静　李幼斌

荣誉成就

《惊涛骇浪》获得第九届华表奖优秀故事片一等奖，第二十六届大众电影百花奖最受欢迎故事片奖，第二十三届中国电影金鸡奖最佳故事片奖，创下中国电影史上一部影片获得"三料冠军"的记录。另外，影片还荣获第九届华表奖优秀电影歌曲奖、男演员新人奖、优秀导演奖、优秀电影技术奖。它如同一曲史诗性的颂歌，向中国共产党献上了一份厚礼。

剧情故事

一

在长江支流附近的一片开阔地上，一个由几千名战士组成的庞大队伍聚集在此，这是一支刚刚与洪水进行过激烈战斗的队伍。整齐排列在空地上的各种运兵车留下了大量与洪水搏斗过的痕迹。装在卡车上的冲锋舟，表明这支队伍在上一次抗洪救灾的斗争中，已成功战胜了洪魔。偶尔看到的挂彩的或衣服破烂的士兵，不难想象抗洪斗争的艰苦和险恶。兵阵中，"红军团""攻坚老虎连""渡江第一连"等旗帜猎猎生威，看来，这是一支有着丰富战斗经验的队伍。

在"攻坚老虎连"旗后方阵中，最为惹眼的是上等兵林为群。他一脸白净，身着士兵的夏常服，肩挎崭新的背包，眼光里透出与年龄极不相称的老练和成熟。两旁的士兵都以一种不信任的眼光看着他，因为他是刚到这里的新兵。在"红军团"的旗帜前面，伫立着一位身材高大，面部轮廓分明，壮实英武的军人。他就是团长周尚武。此时，他与官兵们正耐心地等待上级的命令。

不多时，一辆吉普车呼啸着停在了兵阵的正前方。从车上走下

来一名国字脸、剑眉星目、面相威严的军人。

　　队伍集合完毕。一名大校跑到这名军人身边，行军礼："报告军长，队伍集合完毕，请指示。"

　　这名军长就是张子明，他的两鬓已略显斑白，却依然保持着军人的刚毅气质，双目炯炯有神。他避开上尉递上来的扩音喇叭，声若洪钟般地喊道："同志们，你们辛苦了！"

　　在对战士们进行简单的慰问后，张子明步入正题。他命令一团的战士们马上移防荆江大堤林水段待命，并且当众批评了一团二营四连连长张成文。张成文虽然是张子明的儿子，但在部队里，张子明一视同仁，一直把他当作普通士兵对待，对他的要求极为严格。

　　波涛汹涌的长江水浩浩荡荡地向东奔去，阴沉的乌云重重地压下来，平静的江面开始躁动不安起来，逐渐形成的巨大旋涡猛烈地翻卷着，有的地方的江水几乎要漫过江堤。滂沱大雨下，长长的军队宛如蜿蜒的绿色长城，向前挺进。

张子明和军作战处李参谋站在路边向长江眺望，张子明的表情显得特别的凝重。他不无忧虑地说："危机四伏的大江啊！"

"军长，走吧！"在李参谋的请求下，张子明屈身上了车。

江汉市常委会总指挥中心，一张巨大的长江流域江防微缩模型极其显眼。副省长和常委会七八个领导围着模型正在研究。常委会总工程师韩盛元正拿着一根教鞭在做讲解，他的头发已经花白，但精神依然矍铄。

"这次洪峰倒不足虑，荆江大堤完全可以承受。我担心的是长江上游这次大面积、高强度降雨……据此判断，下次洪峰，很有可能会是创纪录的。"韩盛元话语里充满了忧虑。

"估计有多高？"副省长周全成担心地问。

"城陵矶水位将接近1954年大洪水时水位。"

周全成不语，呆呆地思考起来。

在部队向荆江大堤进发之时，团长周尚武便接到军长的命令——回家复习功课，报考国防大学去深造。这天深夜，妻子韩梅正沉浸在即将与周尚武度过一个月的甜蜜时光的喜悦中。突然，传来了一阵急促的电话声。周尚武急忙抓起电话，电话里传出张子明焦急的声音："民垸决堤了！马上通知全体常委到军部开会！不，直接到作战室去！"

民垸江堤上，一场惊心动魄的战斗已经结束了。趋于平静的江面上一片狼藉。原先高大的房屋，现在只可见微微冒头的屋顶。四架直升机在江面上空不停地盘旋，震耳的响声淹没了凄惨的哭喊声。

在汹涌的激流中，副连长把自己的救生圈给了一名新战士，而自己却被卷入激流中。在四连的战士中，林为群显得非常难过。他本来是要救副连长的，但看见坐在红盆中的虎子时，他毅然改变了方向。面对副连长的遗体，林为群失控地喊叫："副连长！"

团长周尚武闭上双眼，努力平静自己的心情。他拨通张子明的电话："军长，我是周尚武，我在龙嘴湾江堤上向你报告情况。被洪水围困的12 000名群众已经获救了，但12个遇难，46个失踪。我团官兵牺牲6人，伤9人。四连代理连长赵建平也牺牲了……"

虽然张成文早已获得上级批准，退伍离开部队了，但他依然保持着军人的品质风范，在金钱利益面前，时刻保持着清醒的头脑。当江汉工程公司总经理韩盛元的儿子、韩梅的哥哥韩松为他提供薪水丰厚的副总职位时，张成文婉言拒绝了。当偶遇江汉市长江大桥险情时，张成文二话不说，跳进旋流中，用床单和棉被堵住了漏洞，制止了管涌。最后，在自己的女友何小茹的开导下，张成文决定重返红军团。

在江汉市集团军部张子明家里，张子明正忙碌着为参加荆江抗洪准备生活用品。这时，张成文赤着上身走了进来。张子明用犀利如刀的眼神盯视着他，开口道："大敌当前，你从部队回来找自己的个人前途，说你是个逃兵，委屈你了？"说着，父子两人便吵了起来。

妻子秦淑兰忙过来解围："子明，你也冷静点！孩子弄了一身伤，你连问都不问一声！他复员离开部队，是组织批准的。怎么能叫逃兵？你张子明的儿子，就没有自主选择生活道路的权利。"

"自主选择？大水来临，我就是有10个儿子，也只能有一种选择：就是去和洪水搏斗！张成文，你大概不会想到，代理连长赵建平和5个四连战士已经牺牲在民垸大堤上了。"张子明的情绪显得有些激动。

"什么！"张成文听了之后，恍然大悟，顺手抄起一件军装，跑了出去。

在林水县红军团四连驻地，张成文、何小茹和几个男女大学生志愿者来到了这里。一位下士发现了张成文，惊喜地冲过来，边跑边喊："连长回来了！张连长回来了！"战士们纷纷朝张成文跑过来。

这时候，张子明在几个中级指挥员的陪同下走了过来，看到此情景后，满脸不快地说："喊什么喊？四连的代理连长赵建平同志牺牲了。现在四连的序列里，已经没有什么张连长了。"

张成文喊道："爸爸！"

张子明语气坚定地说："这里没有爸爸，只有军长。"

张成文应道："是！军长。"

张子明放缓了语气："作为军长，对你重返战场，我表示欢迎。目前，你的身份，只能是个列兵。想回到连长这个指挥岗位上，你需要立下令人信服的战功。去吧，把你这身夏常服换成作训服，以列兵的身份再向我报到。"

"是！"张成文领命向帐篷跑去。

林水县，车队一辆接一辆拉着沙石驶向江堤。在一处江岸险情附近，冒着倾盆大雨，上百官兵在周尚武的率领下，已用木桩和部分沙袋控制了险情。风刮起来了，电闪雷鸣，江水的轰隆声显得非常恐怖。周尚武从水里爬出来，大声吼道："留下10个，其余都背沙袋去。"水中的战士纷纷上岸，向沙袋奔去。

这时，韩梅和两个技术员已检查到了这里。周尚武不解地问韩梅："你怎么也上来了？"

"现在是全国抗洪。"

"大洪峰不是已经通过了吗？"

韩梅认真地说："尚武，我提醒你，千万不要掉以轻心！这段江堤，历史上毁过16次，修补太多，容易出问题。还会有多大的洪峰，谁知道？"

周尚武抹一把脸上的雨水，怔怔地看着大江说："决不让它毁第17次。"

二

天放晴了，江水平静地东去。张子明、韩盛元两人站在江堤上，朝大江眺望。

"今天凌晨,四川、贵州又开始大面积降雨了。"韩盛元忧虑地说。

"我有一个感觉,一切刚刚开始。"张子明显得很平静。

果然不出所料,很快,九江大堤决口了。在九江市北郊四连筑坝区,漆黑的夜空下,战士手举火把在大地上画出长长的红线。四连的战士们背着沙袋,以跑步的速度赶筑拦洪堤。长长的拦洪堤已有膝盖高了。张成文看见林为群背着沙袋,步履有点迟缓,跑了过去。

张成文惊叫道:"为群!"用手电照林为群的脸,"把沙袋放下。"

林为群咧嘴一笑:"连长,我没事!"

张成文夺过沙袋朝地上一扔,"我命令你马上休息!"

"连长,我是突击队副队长,又是新党员,我能休息吗?"林为群的声音显得无力。

最终,在连长的一再命令下,林为群终于坐下休息。

魏老兵把一车沙石拉了回来,因为过度劳累,步履有些蹒跚。何小茹看见后,忙跑过去扶住魏老兵。

"魏老兵,你怎么了?"

"不要紧,就是缺觉。"魏老兵摸出皱巴巴的烟盒,抽出一支点上,"也不知道明天口子能不能堵住。"说完,使劲地抽了一口烟。

在战士们的连夜奋战下,九江决口终于被堵上了。这时,在九江大堤附近临时总指挥所,韩松开着"大奔"车气势汹汹地赶了过来。他径直来到韩盛元面前,质问道:"爸,沉掉的、堵口的7条船,是您下令征集的吧?"

韩盛元气愤地说:"我不想在这儿回答你的问题!"

韩松着急地说:"这7条船,都是我们公司的,你给开个证明,我马上消失。否则,日后我怎么找政府赔偿啊?"

韩盛元气得脸色苍白，浑身发抖，伸手指着儿子说："你还好意思找政府？"

韩梅忙上前扶住韩盛元，质问韩松道："你知道这里是怎么决口的？"

韩松语气轻松地说："有点耳闻。听说朱总理叫它豆腐渣工程。"

一旁的周尚武接着问："你是何感想？"

韩松依然纠缠道："爸，为抗洪，我们公司捐了一百万，我个人捐了三千，还以你的名义捐了一千。7条船，一大六小，值四五千万呢！爸，你就出个证明……"

韩盛元怒视着韩松："韩总经理！你回去造个价吧，说你船上装的是钻石金条，老子也认。泱泱大国，盛得下你们这些人的贪心！"说罢，转身进了房间。

周尚武斜了韩松一眼，说："韩总，为堵这缺口，有战士活活累死了！"然后开车走了。

韩梅瞪了哥哥一眼，也走了。只剩下韩松一人待在那里，风把他胸前的金利来领带吹得飘来荡去。

沙市的水文站江面，大雨下个不停，江水暴涨，水文站标识尺上一条血红的警戒线在水面上时沉时浮。韩盛元、周全成、张子明和韩梅等技术人员站在小山包上，望着远处隔河沿水库的巨型大坝，谈论着蓄洪、错洪峰方案。

张子明说："利用隔河沿水库蓄水，错过江面洪峰，这是一步巧棋，但也是一步险棋。"

韩盛元说："作为水库的总设计师，我相信它的承受力。当水库水位达到208米时，可以多蓄水6亿6万立方米。这就为错过长江洪峰争取到6到8个小时。"

周全成说："万一水库垮塌，我们怎么向党中央、江主席交代？我们怎么向下游群众交代？"

韩盛元说:"这座水库原造价是5亿8千万,万一垮掉,只会淹掉两个乡,两个乡的损失不会超过10个亿。这和分洪要损失一两百个亿,100多万人无家可归相比,不失为上策。周副省长,我们没时间再争了。"

三人沉默了一会儿。

周全成说:"这么大的事情需要上报国家防总。"

张子明说:"你说,部队怎么配合你?"

韩盛元说:"万一水库垮掉,林水段压力最大。为确保万无一失,48小时内,林水江堤子堤,必须加高加厚30公分。张军长,我的老同学,压力都在你的肩上啊!"

张子明语气坚定地说:"周总指挥,韩总工,48小时内,林水江堤的子堤肯定能加厚加高40公分。我走了。"

林水县江岸村红军团防区,张子明陪同周全成副省长巡视红军团防区。雨还在下着,江岸外坡泥泞不堪。几百名战士背着沙袋,以跑步的速度加固加厚子堤。拉沙土的车辆不停地忙碌着。周全成看看表说:"万一水库垮了,就靠这个大坝了。这里拦不住,你我只有提着脑袋进京了。"

隔河沿水库大坝上,雨仍在下着,大小河流的水都咆哮着涌入水库。偌大的水库,表面看似平静,但可以感受到里面蕴藏的危机。水库工作人员开始从办公室内撤出,大部分人都穿着救生衣。

韩梅接着手机,"水位已经203米,什么?长江的水位还在涨?知道了。"

韩盛元说:"留下开闸放水的人,其余的,都撤到山上去。"

水库领导说:"韩总,有些话我必须得说——"

韩盛元说:"也包括你!只有站在大坝上,我才能感受到水库的脉搏。把信号枪给我!"

水库领导把信号枪交给韩盛元,又把一只对讲机卡在韩盛元胸前。韩梅把韩盛元的手机换了块电池，挂在韩盛元的脖子上。人们担心地朝山上撤去。

韩盛元穿着救生衣，撑开红色雨伞，大步走向大坝。

隔河沿水库，雨越下越大，韩盛元像一尊石雕一样站在大坝上，望着眼前的大水。

半山腰上，人群开始变得焦躁不安。

水库领导拿着对讲机喊："韩总，210米了——"

韩梅干脆大喊起来："爸爸，洪峰过了林水——"

韩盛元仍然一动不动地站着。

水库领导说："该放水了，韩总！"

只见韩盛元掏出信号枪，朝天空发出3颗红色信号弹。在机房值班的两个工人，迅速按下几个大红色的按钮。6个巨大的闸门，同时缓缓开启。大水撞击出震耳欲聋的巨大声响。韩盛元再也撑不住，双腿一软，倒在大坝上。

林水县江岸村红军团防区，雨停了，战士们还在背沙袋。林为群背着沙袋，步履艰难地朝江岸上移动。张成文背着一袋沙子，超过了林为群。

张成文关心地说："为群，你休息会儿。"

周全成、张子明在朝编织袋中装沙子。何小茹等女大学生和农村妇女在撑袋子。

李参谋跟跟跄跄地在泥水里跑过来，用尽全身力气："报告——林水水位开始下降，隔河沿水库开始放水了。"

号兵吹响了休息号，大家都停了手中的活儿。正在这时，江堤上高音喇叭突然响了："国家防汛总指挥部发布第18号汛情通报：今后一周内，我国长江中上游地区、嫩江、松花江地区，将经历一个超强度、超大长度的降雨过程。国家防总要求三江抗洪军民，特别是长江中游抗洪军民，做好迎战今年最大洪水的准备……"

三

　　荆江分洪工程拦洪堤附近，工兵团十几辆满载炸药的卡车，一一停在堤下路边。卫兵荷枪实弹，把爆破区围住了。天空中，直升机在飞。一二百工兵拿着工具排好了队伍。

　　分洪区内一繁华的小镇，群众都在忙碌着撤出分洪区。各种运输工具都用上了，小卡车、四轮拖拉机、手扶拖拉机、架子车、自行车，拉着家具、家私、细软，甚至还有一些家畜、家禽，撤出村子、镇子。张子明的车和郝政委的车先后停在镇口的水泥大道上，看分洪区群众撤离。

　　郝政委称赞道："分洪区的群众，真了不起。今天恐怕就撤完了。"

　　张子明不无忧虑地说："多好的房屋，多好的土地呀！水一淹，什么都没了。"

　　在分洪工程旁，韩松公司修建的大堤所防护的一处江水中，一个深深的旋涡如鬼影一样飘荡着。本应又高又厚又结实的江堤，在这一段已经变得摇摇欲坠。看到这一切的张成文大声叫道："抄家伙上堤——快拉编织袋。请求工兵团增援，我去报告团长。"

　　战士们跳下车，拿着工具拥向大堤。林为群二话不说纵身跳进水里。

　　江底，一个粗瓷大碗口般粗的黑洞正在打着旋儿，渐渐变大。林为群在水里被巨大的旋流卷入中心。他努力想挣扎出来，都未能成功，很快朝着江底的黑洞沉去。最后，他的下半截身子被吸进黑洞。他拼命地挣扎，但都无济于事，最后躬成虾状，伏在江底不动了。

　　两个战士呆呆地看着水面，过了一会儿，水面上的旋涡奇迹般地消失了。

　　韩松公司修建的大堤上，上百名战士已把管涌堵住。魏老兵坐在树下，怀抱林为群，看着走过来的韩盛元。那边，周尚武仍在给张成文做人工呼吸。韩盛元蹲下来，用颤抖的手摸着林为群的脸，想让林为群闭上眼睛。魏老兵流着泪："没看到最后胜利，他死不瞑目呀！"两颗泪珠从韩盛元的脸上滚下。

一阵纷乱的脚步声，韩松带着上百名工程公司的工人走了过来。看见眼前的情景，韩松面露恐惧。韩盛元站起身朝韩松走去。

韩松愧疚地说："爸，谢谢你，也谢谢解放军。那7艘船，我，我不提了，算是我们为国家做贡献了。"

韩盛元突然用力打了儿子一记耳光。由于力量太大，把韩松打倒了，差点儿掉进江里。韩松爬起来说："爸，你打得对。应该打。"

韩盛元怒骂道："你，死的该是你！"

韩松跑到林为群跟前看看，一屁股坐在江堤上。韩盛元走到韩松面前，冷冷盯了一眼，说："韩董事长，守住这段堤，赎你的罪吧！"

韩松流着眼泪说："爸，今晚这堤要是垮了，就算我与大堤共存亡了。别的我啥也不说了。狗日的钱！"

天空中响起雷声，又开始下雨了。荆江大堤附近，几千名连续奋战数月的抗洪官兵，排成一个庞大的、气势恢宏的兵阵。红旗猎猎，彩旗飘飘。张子明、韩盛元、周全成以及周尚武、张成文等站在兵阵的第一排，兵阵两旁是上千的民兵和百姓。江泽民主席拿着话筒做战场动员："我们的人民解放军，这次，也像历史所表现的那样，他们发扬了我们军队的光荣传统。……我想，只要我们紧密地团结在一起，我们继续发扬不怕疲劳，坚决守住大堤，一直到底，我相信，我们一定会取得最后的胜利！"

千余名官兵高呼："誓死保卫长江大堤！"

下雨的夜晚，林水集团军指挥所。屋里的气氛凝重得几乎令人窒息，只有钟表不知疲倦地走着。张子明、郝政委和李参谋直盯着桌上的3部电话机。

屋外电闪雷鸣，大雨滂沱。电话突然响了，张子明站起身拿起听筒："我是张子明……"

"子明同志，我受江主席委托刚刚飞到沙市。林水段能不能守得住，事关大局。我只问你一句话：如果不分洪，你们守住林水有几分把握？"

"首长，林水段事关全局，请允许我考虑一下，3分钟后回答你！"张子明冒出了一脸汗珠儿。

"好，不要挂电话，我等你3分钟。"

张子明轻轻放下听筒，走出指挥所。他走进雨中，收住脚步，任凭雨水洒在自己身上。一道闪电钻出乌云，将他的脸照得惨白。伴着雷声，张子明扬起脸，让雨水直接敲打在脸上。

张子明浑身湿透地走进指挥所，沉稳地拿起听筒："首长，我的回答只有3个字：能守住！"

"子明同志，如果……"

"首长，我和林水3万将士、10万民兵愿以生命实现这3个字。"

"好的，先不要挂机，你也等我3分钟。我直接向江主席汇报！"

张子明右手举着话筒，左手抹了一下脸上的雨水、汗水。

很快，张子明收到江主席的命令：荆江沿线参战部队全部上堤，军民团结，严防死守，确保长江干堤的安全！

漆黑的夜晚，林水江岸村江堤，各种照明设施都被用上了，电灯、马灯、火把、篝火，把整个江堤、江面照得通明，如同白昼。各种堵溃口的材料堆积成山。重型推土机、重型卡车排成排，严阵以待。

雨停了。秦淑兰、白素英、何小茹等在用一口大锅烧姜汤。突然间，出现一个奇怪的声响，接着就传来人的尖叫："决口啦——决口啦！""堵口子啊——堵口子啊——"江水在四连生死牌的附近把江堤撕开一个口子，大水汹涌而出。周尚武率领众官兵奋勇堵决口，一排又一排战士手拉着手跳入决口的江水中。

集团军指挥所,张子明在简易房内踱步。韩盛元、郝政委和李参谋看着他。韩盛元十分紧张地说:"子明,根据洪水流量的冲击速度,如果1个小时内堵不住,必须请示分洪。"

张子明坚定地说:"我就不信这个邪!"

郝政委说:"军长,作为军政委,我愿和你一起承担责任。"

接着,张子明命令道:"命令各师,火速增援一团。请求防总调大船到江岸村一线。请求空军支援。我的指挥位置在江岸村。政委,你指挥全线,我去冲冲。老同学,跟我走。"说着,张子明和韩盛元走出指挥所。

江岸村溃口处,约有七八米宽的溃口两侧挤满了人。周尚武指挥战士把石菱角推进溃口,无济于事。魏老兵探头看看,默默退到一边,看着不远处的江岸村,咬着嘴唇,像是在下什么决心。

张成文着急地说:"团长,怎么办?"

"想办法弄点大家伙。"正在周尚武思索时,张子明赶了过来,让他用大车去堵。

看到前两个士兵都没把大车停到位置,魏老兵急了,拖着微瘸的右腿，跑向大卡车："团长，让我先来！"

　　周尚武拉开一个车门，上去了。魏老兵已经把车发动起来了。重型卡车稳稳爬上大堤，对准决口处，突然加速，冲了过去。魏老兵根本没有跳车，双手紧握方向盘，和卡车一起落在缺口里。没有惊呼，只是死一般的静。周尚武一踩油门，卡车也朝着豁口冲过去。两辆大卡车交错叠在一起，有效地限制了水流。两边的军民被两个人的壮举惊得愣住了，一时不知该干什么。

　　张子明拿起喇叭叫着："张成文，带突击队救人！其他人快推石菱角，快！"

　　韩梅大喊："尚武！"

　　张成文大喊着"团长"纵身跳进水里。

　　铁笼网住的石菱角"扑通扑通"地被推进决口里，险情被有效地控制住了。张成文拖着受伤的周尚武从水里冒了出来。不一会儿张成文再一次从水里冒出来，拖出了血肉模糊的魏老兵。张成文伸手试试魏老兵的鼻息，仰天大叫一声："魏老兵！"

　　张子明站在一块石头上，眼睛里闪烁着泪花。千人在亮如白昼的灯光下，奋力地堵决口。长长的荆江大堤上，被驯服的长江之水，静静东去。江面上，波光粼粼。远处，红日硕大，鲜红如血，朝霞浮现……

影评选粹

气势磅礴·有血有肉

　　《惊涛骇浪》是一部经典的抗洪抢险题材的影片。它描写了在百年不遇的严重灾害面前，广大军民在以江泽民同志为核心的党中央、中央军委领导下，团结奋战、英勇抗洪的伟大壮举，并以其强烈的时代精神、磅礴恢宏的撼人气势和荡气回肠的艺术感染力，热情讴歌了党的第三代领导集体带领中国人民创建的丰功伟绩。

另外,影片始终呈现的是一个个气势磅礴的抗洪场面。共动用部队兵力18万人次,最大场面动用部队4 000人、民工3 000人、汽车百余辆和多架次飞机等。在当年险象环生的荆江大堤前,摄制组人工搭建了一个供拍摄用的长800余米、宽20余米的堤坝,并利用水库的泄洪闸制造决口和被淹村落,再现当年人与洪魔斗争的惊心动魄的壮观场面。

精彩回放

屋外电闪雷鸣,大雨滂沱。电话突然响了,张子明站起身拿起听筒:"我是张子明……"

"子明同志,我受江主席委托刚刚飞到沙市。林水段能不能守得住,事关大局。我只问你一句话:如果不分洪,你们守住林水有几分把握?"

"首长,林水段事关全局,请允许我考虑一下,3分钟后回答你!"张子明冒出了一脸汗珠儿。

"好,不要挂电话,我等你3分钟。"

张子明轻轻放下听筒,走出指挥所。他走进雨中,收住脚步,任凭雨水洒在自己身上。一道闪电钻出乌云,将他的脸照得惨白。伴着雷声,张子明扬起脸,让雨水直接敲打在脸上。

张子明浑身湿透地走进指挥所,沉稳地拿起听筒:"首长,我的回答只有3个字:能守住!"

"子明同志,如果……"

"首长,我和林水3万将士、10万民兵愿以生命实现这3个字。"

这一片段生动形象地表现出张子明冷静沉稳、果断自信的性格,以及誓死战胜洪魔的决心。

炮兵少校

宁宁啊,爸爸为有你这样一个孩子感到骄傲。

——楚宁为救队友而牺牲了,父亲这样说道

影片档案

出品:长春电影制片厂
编剧:中 夙 杜守林
导演:赵为恒
主演:周里京 吕晓禾 高 强

荣誉成就

1994年获第17届大众电影百花奖最佳故事片。

1994年获第14届中国电影金鸡奖最佳男主角提名。

影片史料

苏宁（1953—1991年），中国共产党党员。1969年入伍，任中国人民解放军六五四三五部队参谋长。苏宁在部队的22年里，全身心投入国防科研，潜心钻研现代军事理论，挤时间撰写了70篇学术论文，为我国的国防现代化建设做出了突出的贡献。

1991年4月21日，在一次手榴弹实弹投掷训练中，苏宁为救战友，光荣牺牲，年仅38岁。1993年，中央军委授予他"献身国防现代化的模范干部"荣誉称号。经中央军委批准，将其画像制作印发全军，在连以上单位悬挂、张贴。

1993年4月9日，江泽民为苏宁烈士亲笔题词："以苏宁同志为榜样，献身国防现代化事业。"全军将士掀起了向英雄人物苏宁同志学习的高潮。

影片《炮兵少校》中的主人公楚宁就是以苏宁为原型塑造的。

剧情故事

1969年春，中苏边境发生冲突，中国某部炮兵连奉命支援。部队行至一山隘口时，遇到敌人雷区阻隔。前线战斗已经打响了，为了迅速通过雷区，连长柏老万含泪下令让士兵用身躯前去排雷。战士黎明在这次行动中炸断了一条腿。

一

20年后，楚宁来到新世界大酒楼看望成了老板的黎明。楚宁慢慢走向坐在轮椅上的黎明，黎明审视着楚宁，嘴角动了下，微微低头。楚宁站在黎明跟前，说："你不认识我了，黎明。"

"你是来慰问残疾军人的吧？"

"你误会了，我是……"

"我的时间很紧，请说吧，少校。"

楚宁深情地望着黎明，说："这么多年，我常常想起你。这次我调到炮团，特意赶在报到之前来看看你。"

黎明冷冷地说："还想起我这条断腿吗？还记得起当年我们这些人异想天开，用红脑壳撞乌龟壳，用肉体滚雷。"

"你认为我们当年的行为纯粹是一种荒唐吗？"楚宁沉着地说，"我没想到你真的变了。"

黎明心情复杂地望着楚宁，离开酒楼，耳边响起楚宁临走时说的话："我会常来的……常来看你的。"

炮团会议室里坐满了军官，当年的连长柏老万现在是炮团团长。他带着楚宁一同走进会议室，向大家介绍新调入炮团的代理参谋长楚宁。会议结束后，柏老万热情地招待楚宁吃饭。柏老万腰扎围裙，在灶前一边忙碌着，一边和楚宁聊着，楚宁给柏老万打下手，老战友重逢有说有笑地吃着喝着。

军指挥所正在召开紧急会议。楚宁在这里碰到了摩步团团长常松，热情地招呼道："常松，难得见你一次。"

"老同学，还是单调一颗星，太单调了。"常松开玩笑道。两人边说边走到沙发前坐下。不一会儿，团长柏老万也坐在沙发上同二人聊天。

忽然，董军长、政委等人匆匆走进指挥部，三人停止谈话站起身来。董军长来到桌前示意大家坐下，神情严肃地望着大家说："我想知道，是谁动摇我的部署决心，一再提出要把步兵的冲击阵地向前推进200米？"

团长柏老万听了军长的讲话，不安地看了看楚宁，楚宁镇定地站起来说："是我，炮兵团代理参谋长楚宁。"

"你的根据？"董军长问。

楚宁边说边走到地图前，拿起指挥鞭，对着地图阐述他的观点："有成功的战例，南线作战，我军某摩步师把步坦分队靠前部署，我炮火延伸，仅8分钟就突破敌一线阵地。我建议打破常规，把步坦分队部署在这一线，这是步兵炮兵协同作战的最佳境界！"

"我反对，这是实兵实弹的演习，但这绝不是实战。演习必须要注意安全，这是演练的原则。如果炮弹造成伤亡，那我们一年的成绩就全泡汤了。"柏老万站起来陈述自己的观点。

常松对楚宁的观点表示赞同，对大家说："诸位，不知有谁读过楚宁最近发表的军事论文——《论冲击线前移》？"

"我读过，但你先回答我，你的摩步团在向前推进200米的情况下，你敢不敢向我保证不伤一个人？"董军长说。

常松说："我研究过楚宁弹片飞行扩散计算公式，完全可以保证。"

"常团长，"柏老万对转过身来的常松说，"你可是打了转业报告要走的人啦。"

楚宁听到这话心里一惊，常松竟然要离开部队转业到地方去。常松笑着回答柏老万这个与作战部署毫无关系的问题："你低估了我的责任感。"

董军长和政委互相对视了一下，然后神色凝重地看着大家。众军官紧张地注视着董军长，等待军长最后的决定。董军长思索了一会儿，说："我同意步兵冲击阵地向前推进200米，常松你一定要保证队伍的安全。"

散会后，楚宁和常松随军官们一起走出大楼。楚宁说："常松，谢谢你。你真的要转业吗？"

"嗯，咱们'八一'小学的老同学最近要搞一次聚会，咱们好好聊聊。"说着，两人分别登上自己的汽车。楚宁对已经上车的常松说："常松，聚会的地点，我来定吧。再见。"说完两人各自开车离开。

炮团演习指挥所里，楚宁在摊着地图的桌前，握着手电紧张地查看着。柏老万躺在床上不停地抽着烟，对楚宁说："别折腾了，再过六个小时，我们的炮弹就出膛了！唉，我刚当兵的时候，参加实弹演习也没这么紧张过。"

炮车、汽车浩浩荡荡地向演习地开进。演习场内，装甲运兵车严阵以待，自行火炮车集结完毕，装弹待发。演习开始的时间到了，顿时演习场万炮齐发。现代的扫雷车在清理雷区，坦克向前冲锋，步坦分队在冲锋，冲击部队提前到达预定地点……

二

新世界大酒楼的大厅里，宾客满堂，鼓手楚歌自如地演奏着，两只鼓槌闪电般地起落，溅起一片片鼓声。常松、楚宁等人围坐在餐桌前倾听着楚歌的演奏。楚歌的架子鼓演奏结束后，大家报以热烈的掌声。这时，常松对楚宁说："咱们去唱首歌吧！"两人站在乐台前引吭高歌："毛主席教导记心怀，一生交给党安排。笑洒满腔青春血，喜迎全球幸福来……"

常松和楚宁的歌声把聚会推向高潮。在经理室看电视的黎明，被这熟悉的歌声所牵动，取下眼镜聆听着。同学们纷纷回忆少年时代的理想，有同学问楚宁为什么不转业到地方，凭家里的关系完全可以为其谋个好位置。楚宁沉思良久，表情沉重地说："我小时候，有天晚上我去找父亲。老远我就听见有人哭。我从来没有听见父亲哭过，真不知道是什么事情使他这么伤心。他受过重伤，手术做了十几个小时，没用麻药，他没哼一声。我推开一条门缝，看见父亲正亲手从军装上拆领章、帽徽，他是舍不得，可他必须亲手拆下来。他被确定转业了。从那时候起，我好像明白了一个军人的感情。我入伍就当炮兵，摆弄快20年了。我熟悉它们，也喜欢它们。别看它们是铁的，可它们会说话，会勾引你。你想离开它们，它们会伸手拽住你不放。"

黎明缓缓地转动轮椅来到大厅，静静地听楚宁这番话，内心感动不已。其他人也都被楚宁的话所感动。

操场上，数百名身穿迷彩服的少年军校学员和身着白色校服的少先队员列队站着。楚宁站在主席台上，臂戴总指挥的袖标，环视了一下会场，拿起话筒宣布大会开始。少先队员放飞手中的气球，20名少先队员跑上主席台为首长和来宾献上红领巾。部队首长们向行进的队伍敬礼，注视着队伍缓缓走过主席台前。

楚宁举起右手带头宣誓："我是军校学员，我向军旗宣誓，为了保卫祖国，时刻准备着。"

晚上，柏老万家，楚宁敲门进来。柏老万的爱人说："老万喝多了，也不知为啥，老发脾气，你劝劝他。"楚宁听到这话向里屋走去。

在里面喝酒的柏老万急忙把什么东西塞起来。

楚宁走到桌前坐下,望着柏老万说:"老连长,我陪你喝两杯。"说着给自己的杯子中倒满酒。柏老万看着倒酒的楚宁说:"你没瞧得起我,我心里明白。我柏老万24岁就当连长……凭什么,一声令下就得给我冲……人家赌钱,咱们当兵的赌命,不怕死就都是好样的。"楚宁静静地听着,柏老万动情地接着说,"我这团长一干就是8年,这越干反倒心里越没底。去年军里调我去农场当场长,我不干。我喜欢炮团,炮团是我的,死一头猪我都心疼。"柏老万激动地指着楚宁说,"楚宁你说,我这团长不够格吗?"

"老连长……"楚宁放下酒杯准备要说点什么。

柏老万打断他说:"别得意忘形,我告诉你,我是团长,当心我背地里整你。"

楚宁望着柏老万,深情地说:"你不是那种人,如果我做了什么事情,你还可能给我瞒着。政委告诉我,你不止一次推荐我做你的接班人。"

柏老万喝了口酒,破涕为笑,从椅子下抽出刚才藏起来的杂志,说:"这是你的论文,我都看过了。但是你别以为我会夸你,我不说好,也不说不好。老实说,你那里面有三个数学公式,到现在我还弄不懂哪!"

楚宁给柏老万倒着酒,两人说着大笑起来,开心地喝着说着。

三

办公室里,楚宁推开门看到常松站在窗前吸烟。两人边说边来到沙发前坐下。常松将手中的一瓶酒放在茶几上,说:"我的转业报告师里已经正式通过了,今天咱们痛痛快快地喝一杯,怎么样?"

"让我祝贺你?"

"当然。"

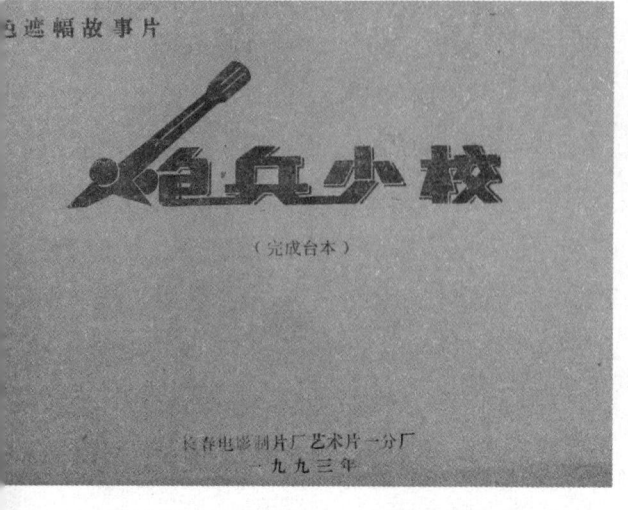

"你骗谁呀！你大老远找我，就是让我祝贺你转业？"

常松吸了一口烟靠在沙发上，忧伤地说："楚宁，上报转业报告的那天晚上，我一个人躲进器材库，哭了半个小时。从那时我才知道，20年来的部队生活我是没法忘掉。你知道吗？这些年，我又当爸爸，又当妈妈，我发牢骚，骂部队，那是因为我爱她，没人能理解我，你也未必能理解我。"

楚宁也感慨地说："常松，说真话，有时候我心里也很灰暗。这么老的兵，才是个少校，很难有作为了。可谁让我爱上这一行呢？我在宣化炮院学了三年，学的就是这，我不信这是被遗弃的艺术，我不相信。"

"我们一起长大，我们有过绿色的梦，现在我的梦破灭了……只有你一个人坚持着。"

雨连续下了好几天，劳改队的犯人铺设的煤气管道可能存在塌方的危险，李局长向部队求助。楚宁带领炮团的部分士兵冒着大雨帮助劳改队铺设管道。战士们都在努力地向翻斗车里面装泥土。两个劳改犯嬉皮笑脸地走过来，说："大军的同志也来了，向你们致敬。哈哈，当兵的，何苦呢？为了百姓们用煤气，你们遭洋罪。"

其中的一个劳改犯拿着梁滨放在旁边的军帽摆弄着，然后戴在头上，恶作剧地说："哥们儿，你跟当官的说说，咱们换换吧，怎么样？"

梁滨放下手里的铁锹，大声喊着："你把帽子放下。"

劳改犯把帽子戴歪，朝梁滨挑衅地笑着。

"把帽子摘下来。"梁滨气愤地大吼一声。

"你以为你这身行头，谁稀罕啊！"劳改犯不屑地说着。

梁滨狠狠地把劳改犯打倒在地。劳改队管教赶忙跑过来拉住梁滨，并呵斥地上的劳改犯。这时，楚宁走过来喊道："梁滨，过来。"战士们听到动静都停下手中的活，围拢过来。梁滨低着头说："参谋长，你批评我吧！"

楚宁望着梁滨，拿出毛巾为梁滨擦去脸上的泥土，然后把毛巾递给梁滨，转身下沟，弯腰拿起铁铲继续干活。梁滨擦了把脸，也跳下沟干起活来。郭副营长和战士激动地望着参谋长，也拿起工具继续挖沟。

雨中，战士们拼命地挥动手中的工具。

会议室中，柏团长正带领着大家观看海湾战争的新闻。楚歌推着黎明走了进来，楚宁走过去激动地向大家介绍："这位是咱们'无坚不摧大功连'的老兵黎明同志。"

黎明怀里抱着一个公文箱，对战士们说："我离开部队快20年了，勇敢无畏是我们军人最优秀的品质之一，我这条断腿证明我是勇敢的。这条腿不仅给我荣耀，也让我思索。我不认为当年我们是荒唐的，可那会我们蔑视钢铁的力量，相信人多势众，精神万能。"他把箱子递给楚宁，接着说，"今天我来，就是想说，一流的军队仅仅靠勇敢是不够的。我把这五万元钱捐献给我的老部队，希望它能为研制'高能磁力破甲弹'发挥点作用。"

"谢谢你！"全场人都在为黎明鼓掌，激动地望着他。

四

部队的投弹试验场上，楚宁面对30余人的队列，身后是一辆坦克。楚宁带领着战士们进行一场武器试验，他告诉战士们："现在的战事背景是，我们的炮阵地遭到敌人的坦克袭击。"楚宁拿起地上的破甲弹接着说，"这是我刚和哈工大研制出来的'高能磁力破甲弹'，破甲能力极强，即使在距装甲目标5米之外爆炸，弹片也会吸向装甲，这可是我们炮兵的撒手锏。今天主要是摸索数据。我先给大家做示范。"

郭副营长看了看准备好的楚宁，举起了旗，准备发令。远处坦克发出巨大的轰鸣声向前移动着。楚宁看到郭副营长挥动手中的旗帜后，迅速地投出手中的破甲弹，然后马上卧倒在地。随着一声巨响，硝烟笼罩着坦克。这时，扩音器里面传来："报告参谋长，试验效果理想。"

郭副营长喊道："阮静涛，出列。"列队中，阮静涛应声出列，跑到队前站定。楚宁走过去嘱咐着说："不要紧张，注意目标。"

"是，参谋长。"阮静涛转身拿起破甲弹，做出投掷的姿势。郭副营长再一次挥动旗帜下令。阮静涛投弹卧倒，远处坦克一边弥漫着硝烟。扩音器响起："炸点距目标过远，效果不佳。"

"梁滨，出列。"郭副营长喊道。楚宁迎上去再次叮嘱："不要着急，把目标放到有效距离再打。"梁滨转身拿起破甲弹，做好准备工作。远处坦克转弯驶来，郭副营长举旗发令，梁滨起身投弹。突然梁滨的脚被绊了一下，身体一个趔趄向下倒去，手中冒烟的破甲弹滑落到脚下。

楚宁见此状况，推开同样正在跑向梁滨的郭副营长，口中喊道："躲开……卧倒……"楚宁奋不顾身冲上去推开梁滨，拾起地上正在冒烟的破甲弹。楚宁把破甲弹扔出去的瞬间，破甲弹爆发出一声巨响，硝烟掩盖了楚宁的身体。

郭副营长和梁滨起身声嘶力竭地喊道："参谋长，参谋长！"

周围的战士们也向楚宁的方向跑着喊着。

医院手术室中，医生和护士们正紧张地抢救楚宁，肖梦影站在远处哭泣地看着忙碌的大夫们。

　　与此同时，郭副营长带着战士们在投弹试验场上寻找楚宁被炸掉的一截手指。梁滨满脸泪水，疯一样地寻找。战士们找到衣服的碎片后，都小心翼翼地装进口袋里。梁滨找到一截断指，大喊着："副营长，找到了，找到了。"战士们瞬间都围了上来，郭副营长赶上来，递过一块手帕，喊了声"走"，大家飞快地向医院跑去。

　　郭副营长和战士们跑到一名护士面前，捧着断指，着急地说："手指找到了，快接上吧，时间长了就接不上了，我们参谋长可不能没有手啊！"

　　"同志，现在是救他的命啊！"护士给大家解释道。

　　"要什么？我这有！"梁滨拍着自己的胸口说。

　　战士们都开口求大夫一定要救活楚宁。

　　董军长眼含热泪，起身走到墙边，对着泪流满面的柏老万说："通知楚宁的父亲吧，他是个老兵，他会挺得住的。"

　　抢救的第九天，常松泪流满面地站在抢救室的窗口，自言自语地说："楚宁，我已经来过三次了，你怎么连一句话都不说呀？我知道你心里骂我没骨气，可你为什么不拦住我，不骂我呢？……"楚宁的妻子不住地哭泣着。

天空下起了大雨，医院抢救室里仍亮着灯。黎明和战士们都在雨中静静地等待着。

抢救室的门打开了，大夫面色难看地走了出来，说："节哀，准备后事吧。"楚宁的父亲哽咽地说："宁宁啊，爸爸为有你这样一个孩子感到骄傲……"其他人都已经哭得泣不成声。

追悼会上，成千上万的人胸戴白花，送楚宁最后一程。骨灰盒在仪仗队的护送下缓缓地走过人群组成的方队。柏老万、郭副营长和梁滨泪流满面，高声唱着楚宁生前喜爱的歌。全场所有人都跟着高声唱着：

> 都说你是一团火，
> 谁又想过你的寂寞。
> 默默地从东方升起，
> 又悄然地在西边降落。
> 一条路你走到底，
> 留给大地无尽的欢乐。
> 太阳啊，太阳，
> 请你告诉我，
> 你这么痴情究竟是为什么。
> 太阳啊，太阳，
> 请你告诉我，
> 你这么痴情究竟是为什么。
> …………

影评选粹

真实性·凝练·悲壮

故事片《炮兵少校》是以苏宁烈士的事迹为素材创作拍摄的。

在经济大潮冲击的背景下，一些战友、同学到地方发家致富成为"大款"，有的军官正准备"解甲归田"，而苏宁（影片中改名为楚宁）仍不为金钱所动心，致力于炮兵现代化建设，后为救他人献出自己年轻的生命。

编导用凝练而又悲壮的电影语言，给我讲述了苏宁烈士短暂而又壮丽的一生，使军人的阳刚之美得到体现。影片极为朴素地塑造了一位当代军人的形象，真实细腻地展示了当代军人的精神风采，颂扬了他们执着的信念与献身精神，为当代军人唱起一曲悲壮的颂歌。《炮兵少校》没有铺陈英雄的一生，而是十分简练地截取了楚宁回老部队任炮团代理参谋长，直至在试验高能磁力破甲弹时为抢救战士英勇牺牲的短短一段生活，以近似报告文学与抒情散文的风格完成了创作，塑造出光彩照人的真实形象。

精彩回放

雨中，参谋长楚宁带着战士们在煤气工地拼命地干着活。小战士梁滨与同在工地干活的劳改犯发生争斗。楚宁叫回梁滨，并为他擦去脸上的泥土，然后把毛巾递给他，转身下沟，弯腰拿起铁铲继续干活。工地上所有的战士为了老百姓能更快地用上煤气，冒雨在拼命地干活。

这段场景，导演和编剧并没有使用大段对话来充实人物形象，面对犯人的公然嘲笑，参谋长楚宁并没有批评梁滨，只是亲手给他擦去脸上的泥土，然后带着战士们冒着瓢泼的大雨奋力干活。一组无声胜有声的镜头，让主人公的身影再一次变得高大。

羊城暗哨

别看了,你们的兵舰来不了啦!那是我们的炮舰!

——梅姨以为是国民党的兵舰来了,王练义正词严地说道

影片档案

出品:海燕电影制片厂
编剧:陈残云
导演:卢 珏
主演:冯 喆 狄 梵 夏 天

荣誉成就

《羊城暗哨》首映阶段，全国引起轰动。它与早一年引起轰动的昆曲电影《十五贯》相呼应，被人们称为"第一部最有独特创造，为以后社会主义侦破片开辟新路的示范性影片""不朽的时代佳作"。

影片史料

国民党当局败退台湾以后，不断派遣敌特分子对祖国大陆（特别是东南沿海地区）进行各种袭扰破坏活动，严重地影响了祖国大陆沿海地区的经济建设和政权巩固，危害了人民群众的生命、财产安全。我人民公安在人民群众的支援和配合下，挖掘出国民党潜伏在群众当中的敌特分子，挫败了敌人的阴谋活动，从而保卫了革命果实和人民生命财产的安全。

剧情故事

一

一艘满帆的小渔船随着深夜大海低沉的呼啸声向广州驶来。船上坐着船老大和一个神情紧张的青年。这个青年是代号为"209"的美蒋特务，受上级派遣潜入广州，带着电台到大陆执行一次秘密任务。当船快要靠岸的时候，"209"准备带着电台隐入附近的树林。他想杀死船老大，以免走漏风声，可是在搏斗中他受了重伤。上岸之后由于伤痛发作，他实在撑不住，昏了过去。

"209"自以为形迹诡秘，殊不知边防军战士早就发现了他乘坐的这条形迹可疑的渔船。船靠岸后，边防军连夜把昏迷不醒的"209"送进了医院。医生立即对"209"施行急救手术。可是他受

伤太重,身体并未有太大起色,公安局侦查人员只能从他断断续续的话语中得知,他要和一个叫"梅姨"的特务头子接上关系,实行一个秘密计划。在留下一个联系暗号和地点后,"209"就因抢救无效死亡了。

公安局侦查员梁英立即将情况汇报给公安局侦查处叶处长。经过慎重研究,叶处长决定派精明能干的侦查员王练扮作"209",打入敌人内部,找到梅姨,将这个犯罪集团一网打尽。叶处长看了看王练,笑着说:"我想让你假扮'209',利用这些暗号和地址去找梅姨。可千万要小心,敌人是非常凶狠顽固的。记住一定要采取以攻为守的办法,见机行事,逐步深入。"王练欣然接受了这项艰巨的任务。

经过精心打扮,王练成了"209"。只见他的头发梳理得整整齐齐,穿着湖水色的夏威夷衫和浅黄色的高级西裤——一派香港青年的打扮。为了使自己看起来更像一个刚从国外回来的华侨青年,他轻佻地吹着口哨,悠悠荡荡地在街上东张西望。

按照特务提供的地址,王练走进一条狭窄的胡同,找到了他要找的门牌号。王练谨慎地看了看,敲了敲门。过了许久,一个老妇人半掩着房门问他找谁。王练轻轻地问:"这儿有姓梅的吗?我找姓梅的。"老妇人恶声恶气地说:"找错了,这儿没姓梅的。"然后"砰"的一声,把门关上了。

就在王练敲门找人的时候,路边一个摆卦摊的江湖相士从他专注阅读的报纸中回过神,抬起眼皮,从宽边眼镜上头,上下打量了一下王练,便又继续埋头读他的报纸。王练没想到刚开始就吃了个闭门羹。他随意地看了卦摊一眼,出了胡同。他慢悠悠地走过海珠桥,在海珠广场草地上的一条长椅上坐下。他知道后面一定会有人跟上来。不出所料,过了不久,就见刚才巷子里的那个江湖相士鬼鬼祟祟地走过来,坐到他身边。这个江湖相士自称"小神仙",身份是敌人潜伏在广州的联络员。与王练对上了暗号之后,小神仙立即把会面的时间和暗号告诉了王练。

按照约定时间,王练来到了黄花岗烈士墓附近的粤光坟场。在坟场最僻静的坟头上,放了一束剑兰花,一个女人坐在旁边。王练看这个女人的样貌与小神仙描述的差不多,猜想这个人大概就是梅姨了。王练坐下后,两人互相交换了接头信物。女人自称梅姨,并目不转睛地观察着王练,警惕地查问王练。最后,她忽然亮出手枪,低声喝问王练是哪里来的。王练明白她这套试探的鬼把戏,突然往旁边一看,紧张地说有人,将女人骗得扭过头去,趁机拧住她的腕子夺枪,轻声怒喝道:"你是谁,暗号哪儿来的?说!你想冒充梅姨干吗?"王练这一番投入的表演使这个女特务对王练"东亚209"的身份深信不疑。

这时,小神仙露了面,给他们解围,说这是按规矩办事。女人笑着与王练握手,说:"我的公开身份叫'八姑',华侨家属。明天晚上你带着东西搬到我家来住。从现在起,我们就是夫妻关系了。"她把住址告诉王练后,就和小神仙离开了。

二

等晚上行人稀少的时候，王练提着皮包到了八姑家门口。他轻轻按了门铃，门开了，佣人刘妈领着王练上了楼。八姑迎出客室，亲热地和王练拥抱在一起，娇滴滴地问长问短，真像久别的夫妻似的。这时，刘妈送茶过来，王练说他肚子饿了。于是，八姑对刘妈说："你去买些现成的菜回来。"把她打发出去了。王练把这里的环境仔细察看了一番。为了试探刘妈和特务组织的关系，他谨慎地问道："刘妈是不是自己人？"八姑说："不是自己人，她住在楼下。你手脚干净点，她不会疑心的。"紧接着，八姑把王练领到一间屋的门口，告诉他电台可以架设在这间屋里。

王练在八姑所说的房间里架设了电台，打着"209"和台湾特务机关联系的旗号，向叶处长发了报，报告了几天来的情况。虽然已经打入了敌人内部，但是敌人非常狡猾，王练决定静观其变，等待敌人露出破绽。不一会儿，王练收到了特务的上级回电，径直送到八姑房里来。他想借着这些联系探他们的计划，就对她说："美国人很重视我们的计划，希望你配合国际形势加紧进行。你有什么盼咐吗？"八姑一言不发，只摇了摇头。王练就紧追问一句，"你们的计划执行得怎么样了？"谁知八姑说："你问梅姨去。"王练这才知道八姑不是梅姨。

第二天清早起床后，王练走到八姑卧房门口，习惯地要去敲门，但转念一想，自己突然进去可能会探知一些重要的情报，于是，他故意不敲门就走了进去。八姑没料到王练会突然进来，慌乱中把一张照片塞进梳妆台抽屉里锁上了。王练不动声色地看在眼里。这时刘妈招呼他们吃早点。八姑说自己要出去，临走叮嘱王练别出去。王练心里还惦记着抽屉的事，当然不会出去。过了一会儿，他从窗户看见八姑和刘妈都走远了，连忙取出一串钥匙打开抽屉。可没等细看，就听到一阵楼梯响。没一会儿刘妈就推门进来了。幸运的是，王练已经迅速地摆好一副坐在床上看报的样子了。

刘妈说自己忘记拿衣服，便从衣柜里取出几件衣服。王练心中一动，假装和刘妈聊天，借故打探她的消息。刘妈说自己是孤寡老人，没儿没女，靠双手吃饭。看到从刘妈这里得不到线索，王练决定一会儿等刘妈走了再打开抽屉看个究竟。等刘妈走远了，他连忙跳起来打开抽屉，找出那张照片。他仔细一看，照片上是一个端庄大方的女人。没有时间多想，他立刻用照相机拍了下来。

照片上的这个女人名叫李秀英，是街道工作的积极分子。她的丈夫陈柏之是个留洋博士，自己开了一家私人诊所。王练感觉到这里面有蹊跷，他就跟着李秀英这条线索来到了陈柏之的私人诊所。为了弄清情况，他进来挂了一个号。候诊的时候，王练看到护士不耐烦地将一个穿公安人员衣服的人拉了出来，嘟囔着："没病装病，还是个公安人员呢！"这引起了王练的注意，他觉得这里面肯定大有文章。

原来，这个陈柏之过去当过国民党军队的军医主任。新中国成立后，这件事就成了他的历史包袱，阻碍着他向人民政府靠拢。他的妻子李秀英却很进步，一直劝他参加医院工作，向政府靠拢，但是他却胆小怕事，怕被共产党整治，一直不敢将自己的问题交代清楚。美蒋特务马老板早就注意到他的这个弱点，准备利用他对共产党的恐惧心理，胁迫他参加自己的计划。马老板奉上峰命令，在祖国大陆搜罗一批人组成代表团到联合国去控告人民政权。陈柏之这种人正是他们争取的对象。于是他们就布置了一个圈套，准备将陈柏之拉拢进来。

陈柏之刚出诊回来，就见门口有个憔悴的女人等在那里。这个女人哭哭啼啼地拿出一张照片，对陈柏之说："我丈夫是个公安干部，我跟他已经有了三个孩子了，感情很好。可是自从跟你太太好了，他完全变了……"陈柏之气愤地将照片扔在地上。原来这个女人是马老板的特务集团分子。这次正是由马老板派遣过来，假扮"公安妻子"，挑拨陈柏之夫妻的关系。

就在这个时候，王练走进陈柏之的客厅。女特务见有人来了，就慌张地走了出去。王练看了看地上的照片，已经被愤怒的陈柏之揉得皱皱巴巴，但是依稀可以认得照片上女的是李秀英，男的正是那天碰上的穿公安干部衣服的人。王练已查明这个公安人员是冒牌的，也明白了八姑抽屉里的那张李秀英的照片是为了这次演戏用的。可是特务为什么要破坏这个家庭？王练捉摸不透。

三

陈伯之是个忠厚人，一点没看出这张照片是经过加工，用两张照片拼成一张的。所以他相信了那个女特务的话，对妻子和"公安"搅和在一起感到非常痛苦。来到陈柏之的私人诊所的王练本想了解些情况，这样一来，他就不好问什么了，只能静待事态的发展。李秀英晚上从居委会开会回来，陈柏之大发脾气。他认为妻子一定天天和照片上那个公安人员在一起。李秀英劝他相信政府，将自己的事情向政府交代清楚。他越发起了疑心，气急败坏地大声嚷道："你就跟那个公安干部去检举我吧。"

心情郁闷的陈柏之一个人在酒吧喝着闷酒，小神仙和八姑早就跟在他的后面进了酒馆。当陈柏之喝得差不多的时候，八姑假装从陈柏之身边走过，认出了他。八姑劝陈柏之想开点，实际上却把他灌醉。然后，她和喝醉了的陈柏之搂在一起，摆着暧昧的姿势，旁边的小神仙用相机拍下了他们暧昧的动作。

过了几天，有人请陈柏之出诊。陈柏之到病人那里一看，原来病人是国民党原政治部主任，现在的古玩商——马老板。陈柏之在国民政府时代是国民党某军军医部主任，刚好是马老板的手下。马老板就是因为这个便利条件，才准备将他拉下水的。马老板将陈柏之约到家里，就是想利用捏造出来的事实（陈柏之和八姑在酒吧暧昧的照片）及陈柏之隐瞒自己的历史，对陈柏之进行劝导。马老板吓唬陈柏之说："如果这种事情被共产党政府知道后，即使不是送去劳改，也会让你身败名裂。到时候你这个医学博士还有什么脸面见人？"然后他假惺惺地说，"我看你待不下去了，还是赶快离开这儿吧！你到香港去，我可以帮帮你的忙，你回去想想吧！"

而此时，梁英找到李秀英作了一次谈话，把敌人的阴谋计划全部告诉了李秀英，对她说："我们估计敌人是在拉拢他，我们要立刻行动，你今天跟他谈一谈。"

回家以后，陈柏之越想越怕，于是他找到马老板，请他帮助离开祖国。马老板"嘿嘿"地干笑两声，拿出一张印着国民党党徽的纸，叫陈柏之签字。纸上写着："本人志愿参加'中国人民代表控诉团'，效忠党国……"马老板告诉陈柏之："这'中国人民代表控诉团'包括士农工商各界代表，我们到联合国去向全世界控诉。"陈柏之这才发觉这是国民党的一个政治阴谋。于是，他惊慌地拒绝了这一要求，表示回家再考虑考虑。这时，马老板威胁道："别做梦了，你的性命和声誉全掌握在我的手里。"说完，从抽屉里拿出陈柏之在国民党军队中当军医主任的档案资料，威胁陈柏之听从自己的命令。陈柏之只能无奈地在那张名单上签了名。

李秀英这天回家已经很晚了，进屋一看，陈柏之昏睡在沙发上，茶几上放着一个安眠药的空瓶。原来，陈柏之签完名后悔恨地自杀了。李秀英立刻打电话给梁英，把陈柏之送进了医院。经过急救，陈柏之被抢救了过来。李秀英把真实的情形讲给他听后，他认识到自己是多么糊涂。

这天，王练奉命来看他，把整个事情的经过给他详细地讲述了一遍。这时，八姑奉了马老板的命令来侦查陈柏之是否真生病了。原来，这些特务计划立刻把陈柏之和一些他们收买的地痞流氓送到香港，组成控诉团转道赶往联合国。而此时陈柏之生病了，这么一来，他们的计划就不能实行了。护士告诉八姑，陈柏之得的是传染病——白喉。医生通知拒绝探望，但是八姑坚决要求看他一眼。在她的坚持下，护士最终还是把门打开了，只见陈柏之昏迷不醒地睡在床上。八姑信以为真，由于怕被传染，没再要求进去，就走了。而之前正与陈柏之交谈的王练就躲在门背后，身份险些暴露。

回去以后，王练将得到的情报汇报给了叶处长。叶处长指示说："现在敌人组织控诉团的阴谋已经搞清楚了。我们估计敌人下一步的行动是设法把代表弄到香港。敌人很狡猾，这几天你要特别注意。你这假夫妻还要做下去，稳着点，我们要把他们一网打尽。"

王练回到八姑家，刘妈在门口等他，一见他就说："您上哪去啦？八姑在家等您半天了。"他到了楼上，八姑板着脸走过来说："你哪儿去啦？梅姨有紧急命令，叫你把电台交出来！"王练心里一动，傲慢地说："怎么，不满意我？不信任我？电台丢了谁负责？除非我亲自交给梅姨。"八姑没办法，只好说："好，我去请示。"

第二天清早，八姑和王练坐了小划子，来到珠江上游一片树林子。早已等候在此的小神仙要王练交出电台。王练见不到梅姨就要告辞。小神仙拔出枪来，威逼王练交出电台，于是他们动手打起来了。这时马老板现身了，王练只好答应交出电台。王练本以为马老板一定是梅姨了，结果马老板却告诉他这样做是听从梅姨的吩咐。王练恍然大悟，原来马老板也不是梅姨。马老板跳上小船时说："现在风声很紧，我们的计划全部改变。从现在起，要按兵不动。"

四

敌人果然按兵不动了，八姑也不再出去。王练没了电台，又不能出门，没法立刻给叶处长送信，急得像热锅上的蚂蚁，坐立难安。

功夫不负有心人，经过一番努力，机智的王练还是和叶处长通了消息。叶处长认为敌人不能乱动，我们可以想办法让他们动起来。于是，陈柏之在组织的安排下出院了。

陈柏之开始行医以后就遇到一件怪事。这天，诊所来了一个奇怪的病人。这个病人用毯子将浑身上下裹得严严实实，看不清相貌。进了诊所之后，此人将毛毯打开，陈柏之内心顿时一沉。原来，此人正是马老板。见四下无人，马老板阴险地威逼陈柏之立刻跟他动身，陈柏之只好跟他走了。

这天，刘妈突然拿进来一个朱漆描金的首饰盒，放在桌子上，对八姑说："外头有人找你。"八姑听了，就走出去了。王练眼睛扫着首饰盒，心里暗暗琢磨这里面究竟是什么东西。他十分警惕，坐在那里动也没动。此时刘妈正偷偷从门背后监视王练的举动。八姑一从外头回来，就把那个朱漆描金首饰盒放进皮包里，对王练说："这是梅姨的东西，她要我们带走，不能给人发现。"事情变化得太快，王练来不及和梁英联系，只得和八姑来到码头，坐上"珠海号"轮船。

"珠海号"是去海南岛的。敌人葫芦里到底卖的什么药？王练捉摸不透。上船之后，王练心想先探明特务的布置，再想别的办法。就在这时，他吃惊地看见了一个女人的身影，那个女人手里拿着的正是那个朱漆描金的首饰盒。王练赶紧回到八姑的卧室。八姑不在屋里，王练把装首饰盒的皮包拿了下来，准备查看首饰盒。正当他要打开皮包时，八姑进来了。王练随机应变地埋怨："你哪儿去了？梅姨的东西不见了怎么办？"说着打开皮箱乱翻着。他发现首饰盒已经不在这里，心想梅姨果然也在船上。不出所料，八姑说："大惊小怪，梅姨拿去了。"王练故作欢喜地说："她也来了？怎么不肯见我？她现在用这个干什么？"

八姑说："我也才认识她。你知道那是什么？""干了这么多年，这点还能不知道！"把手一比说，"嗒，定时的，对不对？"

接着故意紧张地补充说:"咱们这是在船上,万一这玩意儿一响,你我可都得完蛋!"八姑小声说:"今夜三点有我们的兵舰来接应,看见灯号我们就行动,里应外合,把船开到香港。你的任务是控制电台。"王练听完说:"好,摸摸路去。"拿了枪就走了出去。忽然,他又看见了那个女人在船舷上走着,虽然看不见她的脸,可是手中的首饰盒已经不见了。王练正窥探妇人的行动,他身后的小门突然开了,一只手伸出来,把王练拉进屋去。王练吃了一惊,定睛一看是梁英,才放了心。于是,他把敌人的阴谋告诉了梁英。当王练和梁英进去以后,一个女人突然走到这里,望了望这间仓房,然后又慢慢地走了。

王练和梁英谈完话回来,一进门就被马老板他们抓住了。王练向床上的女人一望,不由得大吃一惊。原来此人就是刘妈,也就是特务头子梅姨。梅姨狞笑着说:"你的戏演得不坏呀!我早就注意你了!"一面对大家说,"事情已经暴露了,我们要提前行动,拿下船来,再等待接应。"然后命令特务们立刻行动。于是,埋伏在各处的特务都动手了。他们又把陈柏之押来,由八姑一人监守。王练被绑着不能动,他趁八姑不注意,给陈柏之递眼色,叫他动手干掉八姑。陈柏之吓得手直抖,他灵机一动,把手里一杯水照着八姑的脸泼去。八姑冷不防被浇了满脸水,眼也睁不开了。王练趁此机会,踢掉了她的手枪。最后,他们成功把八姑制伏。由于公安部门早有准备,那些潜伏在船上的特务全部落网了。

王练亲自逮捕了梅姨。忽然,远处传来炮舰的声音,梅姨以为是国民党兵舰来了,得意地冷笑起来。王练说:"别看了,你们的兵舰来不了啦!那是我们的炮舰!"梅姨听了狠毒地说:"别神气,再过5分钟,你我一起完蛋!"

情况十分危急,大家分头行动,在船上的各个隐蔽地方搜寻着装有炸弹的首饰盒。最终,王练在货仓里找到了定时炸弹。他本想

把时间拨停止了,可是已经来不及了。于是机智勇敢的王练抱起定时炸弹,扔入海中。就在这一刹那,"轰"的一声,海里激起了几丈高的水柱,定时炸弹爆炸了,所幸,船上没有任何伤亡事故发生。在公安勇士的侦查下,美蒋特务集团被连根拔起,他们的"控诉计划"彻底泡汤。

作恶多端的特务分子机关算尽,最终难以逃脱正义的审判。

影评选粹

扣人心弦·出其不意

这是一部惊险样式的反特片,以全新的角度,表现了公安人员不怕牺牲,与敌特分子斗智斗勇的故事。编导设置了曲折的情节,埋下一个个悬念,以达到出其不意、扣人心弦的艺术效果。

同时影片编导让我们跟随王练,探险般地越过五道神秘的"关卡",直到影片临近结束才让观众看清"梅姨"的真面目,从始至终都能让观众保持兴趣,并满足他们的好奇心理。

影片将故事设定于新中国建设的大背景下,使影片不至于因样式题材的局限而显得突兀和单薄,也避免了敌特分子和公安人员脸谱化、简单化的问题。影片成功体现出社会主义祖国的强大凝聚力,以及敌特分子倒行逆施定会归于失败的客观必然性。影片的情节安排合理,悬念设计层出不穷而又出其不意,深得观众的喜爱。

精彩回放

影片着眼并追求塑造英雄人物形象,主演冯喆饰演的侦查员王练为了弄清楚敌特的阴谋,打入敌人内部。阴险的敌人对他进行了多次严酷的考验。

敌特分子让王练假扮的"209"与女特务八姑结为夫妻,以便于工作的需要。而此时女特务八姑渴望真爱,也表示出对王练的爱恋。这样的情景设计,把侦查员王练置入一个进退两难的境地:如果接受,为革命纪律和个人道德操守所不允许;如果拒绝,则会引起敌人的怀疑,不仅生命安全受到威胁,而且制订好的计划要遭受严重损失。

于是,冯喆扮演的王练将计就计,取得了八姑和敌特组织的信任,最终将敌人一网打尽。这种极其微妙的关系,在观众的潜意识中产生作用,这也是影片引起观赏兴趣的因素之一。